O AZARÃO

Markus Zusak

O Azarão

Tradução
Ana Resende

BERTRAND BRASIL

Rio de Janeiro | 2012

Originalmente publicado pela Omnibus Books, divisão da Scholastic Australia Pty Limited, em 1999.

Edição publicada mediante contrato com a Scholastic Australia Pty Limited.

Título original: *The Underdog*

Capa: Rafael Nobre | Babilonia Cultura Editorial

Foto do autor: David Levenson/Getty Images

Editoração: FA Studio

Texto revisado segundo o novo
Acordo Ortográfico da Língua Portuguesa

2012
Impresso no Brasil
Printed in Brazil

Cip-Brasil. Catalogação na fonte
Sindicato Nacional dos Editores de Livros. RJ

Z93a Zusak, Markus, 1975-
O azarão / Markus Zusak ; tradução de Ana Resende. – Rio de Janeiro: Bertrand Brasil, 2012.
176 p. : 21 cm

Tradução de: The underdog
ISBN 978-85-286-1643-9

1. Romance australiano. I. Resende, Ana. II. Título.

CDD: 828.99343
12-7998 CDU: 821.111(436)-3

EDITORA BERTRAND BRASIL LTDA.
Rua Argentina, 171 – 2º andar – São Cristóvão
20921-380 – Rio de Janeiro – RJ
Tel.: (0xx21) 2585-2070 – Fax: (0xx21) 2585-2087

Atendimento e venda direta ao leitor:
mdireto@record.com.br ou (0xx21) 2585-2002

Para minha família

1

Estávamos vendo tevê quando decidimos assaltar o dentista.

– O dentista? – perguntei para o meu irmão.

– Claro, por que não? – Foi a resposta que ouvi. – Você sabe quanto dinheiro entra numa clínica dessas durante o dia? Chega a ser obsceno. Se o primeiro-ministro fosse dentista, o país não estaria do jeito que está agora, sério. Não haveria desemprego, nem racismo, nem machismo. Só dinheiro.

– Certo.

Concordei com meu irmão, Ruben, só para deixá-lo feliz. A verdade é que ele estava apenas se exibindo. Um de seus piores hábitos.

Essa era a primeira verdade, mas tinha outra.

A segunda era que, mesmo que tivéssemos decidido assaltar o dentista, nunca faríamos isso. Até agora, nesse ano, tínhamos prometido assaltar a padaria, o hortifrúti, a loja de ferragens, a lanchonete e o oftalmologista. Nunca aconteceu.

– E, desta vez, falo sério. – Rube sentou-se na ponta do sofá. Deve ter percebido o que eu estava pensando.

Não íamos roubar nada.

Éramos casos perdidos.

Casos perdidos, deprimentes, patéticos, do tipo que não se olha duas vezes.

Eu mesmo tinha um emprego como entregador de jornais duas vezes por semana, mas fui despedido depois de quebrar a janela da cozinha de um cara. Mas nem joguei com força. Só aconteceu. A janela estava aberta pela metade, eu joguei o jornal, e *tum!*, direto no vidro. O sujeito saiu de casa correndo furioso e começou a me xingar enquanto eu ficava parado lá com lágrimas ridículas nos olhos. O trabalho acabou. Dera errado desde o início.

Meu nome é Cameron Wolfe.

Moro na cidade.

Frequento a escola.

Não sou popular com as garotas.

Tenho um pouco de juízo.

Não tenho muito juízo.

Meu cabelo é grosso e cheio, e não é comprido, mas sempre parece estar bagunçado, e está sempre arrepiado, por mais que eu me esforce para baixá-lo.

Meu irmão mais velho, Ruben, sempre me mete em encrenca.

E eu arrumo tanto problema para o Rube quanto ele para mim.

Tenho outro irmão, que se chama Steve. É o mais velho e o vencedor da família. Já teve algumas namoradas, tem um bom emprego, e é dele que muita gente gosta. E, para completar, também é bom jogador de futebol americano.

Tenho uma irmã chamada Sarah, que fica sentada no sofá com o namorado, e, sempre que pode, deixa ele meter a língua na garganta dela. Sarah é a segunda mais velha.

Meu pai está sempre mandando o Rube e eu tomarmos banho porque acha que parecemos sujos e fedemos feito animais selvagens que rastejam na lama.

(– Não estou fedendo porra nenhuma! – grito para ele. – E tomo banho quase toda porra de dia!

– Bem, já ouviu falar de sabão?... Olha, já tive a sua idade e sei como os caras costumam ser porcos.

– Tá falando sério?

– Claro que estou. Senão, não falaria.

Não adianta discutir.)

Minha mãe fala pouco, mas é a mais corajosa na nossa casa.

Tenho uma família, sim, que não funciona muito bem sem molho de tomate.

Gosto do inverno.

Sou assim.

Ah, e, claro, no momento em que estou contando tudo isso, nunca, nem sequer uma vez, roubei qualquer coisa na vida. Só conversei sobre isso com o Rube, exatamente como naquele dia, na sala.

– Dá licença.

Rube deu um tapa no braço de Sarah, quando ela beijava o namorado no nosso sofá.

– Dá licença. Nós vamos assaltar o dentista.

Sarah parou.

– Como é que é? – perguntou.

– Ah, deixa pra lá. – Rube desviou o olhar. – Essa família é ou não é inútil? Tem gente ignorante por toda parte, que só se importa consigo mesma.

– Ah, para de reclamar – falei para ele.

Ele me fitou. Foi tudo o que fez, enquanto Sarah voltou a se agarrar com o namorado.

Então, desliguei a tevê, e saímos. Fomos dar uma olhada na clínica que íamos "aliviar", como dizia Rube. (A verdadeira razão para irmos até lá é que simplesmente tínhamos que sair de casa, porque Sarah e o namorado estavam se atracando na sala, e nossa mãe preparava cogumelos na cozinha, e a casa inteira estava fedendo.)

– Aquela merda de cogumelo de novo – falei, quando saímos para a rua.

– Pois é – disse Rube, dando um sorrisinho. – É só afogar no molho de tomate de novo que dá pra comer.

– Com certeza.

Que bebês chorões.

– E aqui está ela. – Rube abriu um sorriso, quando atravessamos a rua principal, na atmosfera escura de junho, em pleno inverno. – Doutor Thomas G. Edmunds. Cirurgião-dentista. Maravilha.

Começamos a planejar.

Nossos planos consistiam nas perguntas que eu fazia e nas respostas que ele dava. Era mais ou menos assim:

– Não vamos precisar de uma arma ou coisa parecida? Ou uma faca? Perdemos aquela nossa faca de mentira.

– Não perdemos. Ela está atrás do sofá.

– Tem certeza?

– Sim. Tenho certeza... em todo caso, não vamos precisar dela. Tudo de que a gente precisa é de um bastão de críquete, e vamos pegar o taco de beisebol do vizinho, está bem? – Deu uma risada muito irônica. – Vamos balançar essas gracinhas algumas vezes, e ninguém vai poder dizer não.

– Certo.

Certo.

É. Está certo.

Deixamos tudo marcado para a tarde seguinte. Tínhamos o bastão e o taco, repassamos tudo que precisávamos lembrar e sabíamos que ninguém ia fazer aquilo. Até o Rube sabia disso.

De qualquer forma, fomos ao dentista no dia seguinte e, de todos os nossos assaltos, pela primeira vez, nós realmente entramos.

Ao entrar, levamos um susto, porque, atrás do balcão da recepção, estava a auxiliar de dentista mais linda que alguém já viu. Estou falando sério. Ela escrevia alguma coisa com a caneta, e eu não conseguia tirar os olhos dela. Esqueça o taco de beisebol que eu estava segurando. Nem me lembrei dele. Não ia ter assalto. Só ficamos parados ali, Rube e eu.

Rube e eu, e a auxiliar de dentista, na sala, juntos.

– Falo com vocês em um segundo – disse ela com delicadeza, sem erguer os olhos.

Deus pai, ela era linda. Sério. Uma beleza.

– Com licença – murmurou Rube para ela, bem baixinho. Ele queria ter certeza de que só eu estava escutando. – Com licença... isso é um assalto.

Ela não ouviu.

– Maldita vaca idiota. – Olhou para mim, balançando a cabeça. – Não dá mais pra assaltar nem um dentista. Caramba. Que mundo é esse em que vivemos?

– Bem. – Finalmente, ela ergueu os olhos. – O que posso fazer por vocês, garotos?

– Hã... – Eu estava inquieto, mas o que mais podia dizer? Rube não abriu a boca. Fez-se silêncio. Eu tinha de quebrá-lo. Sorri e perdi o autocontrole. – Hã, viemos fazer um check-up.

Ela retribuiu o sorriso.

– Qual é o melhor dia para vocês?

– Hum, amanhã?

– Às quatro, está bem?

– Está. – Fiz que sim com a cabeça, pensando naquilo.

Ela fixou os olhos em mim. Direto em mim. Aguardando. Prestativa.

– Então, qual é o nome de vocês?

– Ah, claro – respondi, rindo feito um idiota. – Cameron e Ruben Wolfe.

Ela anotou, sorriu mais uma vez e então olhou para o bastão de críquete e o taco de beisebol.

– Só estávamos treinando um pouco – falei, erguendo o taco de beisebol.

– Em pleno inverno?

– Não dá pra comprar uma bola – interrompeu Rube. Tínhamos uma em algum lugar do quintal. Ele me empurrou até a porta. – A gente volta amanhã.

Ela deu um sorriso do tipo feliz-por-poder-ajudar e disse:

– Está certo, tchauzinho.

Fiquei mais um segundo e respondi:

– Tchau.

Tchau.

Não dava para pensar em coisa melhor?

– Seu retardado de uma figa – disse Rube, assim que voltamos para a rua. – Check-ups – resmungou. – Tudo bem que o coroa quer que a gente cheire feito rosa, mas ele não está a fim de mandar limpar os dentes da gente. Não está nem um pouco preocupado com os nossos dentes!

– Bem, pra começar, quem foi que meteu a gente lá, hein? De quem foi a grande ideia de assaltar o dentista? Não foi minha, cara!

– Está bem, está bem. – Rube se apoiou na parede.

Os carros passavam devagar por nós.

– E que diabos foi aquela história de ficar cochichando?

Agora, com ele apoiado na parede, eu estava decidido a tirar aquilo a limpo.

– Você só se esqueceu de pedir *por favor*. Talvez ela tivesse ouvido. *Com licença, isto é um assalto* – imitei, murmurando. – Totalmente patético.

Rube me interrompeu.

– Está bem! Estraguei tudo... Mas eu também não vi você balançando o taco de beisebol. – Assim era melhor para o Rube, pois tínhamos voltado a discutir o que eu havia feito de errado em oposição ao que ele fizera. – Você não balançou nada, cara... Estava muito ocupado fitando os grandes olhos azuis da Loura, e olhando pra ela e pros peitos dela.

– Eu, *não*!

Peitos.

Quem ele queria enganar?

Falando desse jeito.

– Isso mesmo – comentou Rube, continuando a rir. – Vi você, seu filho da mãe safado.

– Isso é mentira.

Mas não era. Caminhando pela rua principal, eu sabia que estava apaixonado pela bela e loura auxiliar de dentista. Já estava fantasiando ficar deitado na cadeira do dentista com ela por cima de mim, no meu colo, perguntando:

– Está confortável, Cameron? Está se sentindo bem?

– Ótimo. – Seria a minha resposta. – Ótimo.

– Ei.

– *Ei!* – Rube me deu um empurrão. – Você ainda está me ouvindo?

Virei na direção dele. Ele continuava falando.

– Então, por que não me diz que diabos vamos fazer pra arranjar dinheiro pros check-ups, hein? – Pensou cerca de um minuto quando então voltamos a andar e ele apertou o passo para casa. – Não, melhor desmarcarmos.

– Não – respondi. – Nada disso, Rube.

– Safado – foi a resposta dele. – Esqueça a auxiliar. Ela deve estar dando pro sr. dr. Dentista enquanto estamos conversando.

– Não fale assim dela – censurei.

Rube parou de caminhar mais uma vez.

Então me encarou.

Depois disse:

– Você é um lixo, sabia?

– Eu sei. – Só me restou concordar. – Acho que você está certo.

– Como sempre.

Seguimos em frente. De novo. Com o rabo entre as pernas.

Ah, por falar nisso, não desmarcamos.

Pensamos em pedir o dinheiro para os nossos pais, mas eles iam querer saber por que, para começo de conversa, fomos parar lá, e uma discussão dessa natureza não estava na ordem do dia. Consegui o dinheiro de que precisava, tirando do meu esconderijo no canto estragado do tapete, em nosso quarto.

Voltamos.

Fiz o máximo que podia para baixar o meu cabelo. Por causa da auxiliar.

Voltamos lá no dia seguinte.

Não deu certo. O lance do cabelo.

Voltamos lá no dia seguinte, e havia um tipo de auxiliar de dentista grotesca ali, com cerca de 40 anos.

– Agora *tem* alguém do seu tipo – cochichou Rube para mim, na sala de espera. Ele sorria como o cara safado que sempre foi. Me dava nojo, mas, como costumava acontecer, eu sentia nojo de mim mesmo.

– Ei – falei, erguendo um dedo. – Acho que você tem alguma coisa presa aí no dente.

– Onde? – Ele entrou em pânico. – Aqui? – Abriu a boca e deu um sorriso amplo. – Já saiu?

– Não, mais pra direita. Por aí. – Claro que não havia nada ali, e, quando ele olhou para o próprio reflexo no aquário da sala de espera e descobriu, virou e me deu um tapa na nuca.

– Hum. – Retomou o fio da meada. – Garoto safado. – Soltou uma risadinha. – Mas tenho que admitir. Ela era boa. Era realmente boa.

– Hummm.

– Nada parecida com a gorda de meia-idade aqui, hein?

Dei uma gargalhada. Garotos como nós (garotos, em geral) tinham que ser a escória da Terra. Na maior parte do tempo, pelo menos. Juro, passamos a maior parte do tempo sendo desumanos.

Precisamos de um bom pontapé na bunda, como o coroa sempre diz (e dá).

Ele está certo.

A auxiliar entrou.

– Muito bem, quem vai ser o primeiro?

Todos em silêncio.

Então, "Eu".

Fiquei de pé. Decidi que seria melhor acabar logo com aquilo.

No fim, não foi tão ruim assim. Foi só esse tal de tratamento de flúor, que tinha um gosto bem comum, e raspar um pouco dentro da boca, que foi o que o cara grandão fez. Sem broca. Não para nós. Não há justiça nesse mundo.

Ou talvez haja...

No fim das contas, foi o dentista quem *nos* roubou. Era bem careiro, mesmo pro pouco que fez por nós.

– Todo aquele dinheiro – falei, quando saímos novamente.

– E, ainda assim – enfim, não era o Rube quem estava reclamando –, sem broca. – Deu um soco no meu ombro. – Imagina só. Ficar sem biscoitos de chocolate. Serve pra alguma coisa, isso, sim. Bom pras presas... Nossa mãe é um gênio.

Discordei.

– Nada disso. Ela só é durona.

Rimos, mas sabíamos que mamãe era brilhante. Só o papai que nos dava preocupação.

Voltamos para casa, e não tinha muita coisa acontecendo. Sentimos cheiro de sobras de cogumelos aquecendo no fogão, e Sarah estava mandando ver no sofá de novo. Não adiantava entrar.

Fui para o quarto que eu e Rube dividimos e observei a cidade que espalhava seu hálito sujo no horizonte. Por trás dela, o sol era de uma cor amarelo-clara, e os edifícios se assemelhavam às patas de imensas feras negras deitadas.

Sim, estávamos em meados de junho agora, e o tempo começava a piorar.

Não sei realmente se essa história tem um monte de coisas acontecendo. Na verdade, não tem. É só uma narrativa de como foram as coisas na minha vida, durante o último inverno. Acho que aconteceram coisas, mas nada fora do normal. Não consegui ter o antigo emprego de volta. Meu pai me deu uma chance. Meu irmão mais velho, Steve, torceu o tornozelo, me xingou pra caramba e, finalmente, começou a entender alguma coisa. Minha mãe organizou uma luta de boxe no gabinete da assistente social da nossa escola e ficou tão perturbada uma noite que acabou jogando o lixo orgânico aos meus pés, na cozinha. Minha irmã, Sarah, levou um pé na bunda. Rube deixou a barba crescer e, enfim, acordou para algumas coisas. Greg, um cara que já tinha sido meu melhor amigo, me pediu trezentas pratas para salvar a vida dele. Conheci uma garota e me apaixonei por ela (na época, eu podia me apaixonar por qualquer coisa que demonstrasse interesse). Tive um monte de sonhos esquisitos, doentios, pervertidos e, algumas vezes, bonitos. E sobrevivi.

Nada demais aconteceu.

Tudo estava normal.

Primeiro sonho:

Fim de tarde, estou indo até a clínica e vejo alguém de pé no telhado. Quando me aproximo, percebo que é o dentista. Concluo isso por causa do jaleco branco e do bigode. Está bem na beirada e parece prestes a se jogar de lá.

Paro debaixo dele e grito:

– Com licença! Que diabos o senhor está fazendo?

– O que você acha?

Ao ouvir isso, não sei o que responder.

Tudo que posso fazer agora é correr para dentro da galeria onde fica o consultório, entrar e contar para a auxiliar bonita.

– O quê? – É a resposta dela.

Meu Deus, ela parece tão linda que quase digo:

– Para o diabo com o Senhor Dentista, vamos para a praia ou algo assim. – No entanto, não digo nada. Apenas corro até o fim de um corredor, abro a porta e subo alguns degraus em direção ao telhado.

Por alguma razão, quando chego à beirada, a auxiliar de dentista não está comigo.

Quando fico de pé, próximo ao dentista melancólico com bigode, e olho por cima da borda, ela está de pé, lá embaixo, tentando lhe pedir que desça.

– O que você está fazendo aí? – grito para ela.

– Eu não vou subir aí! – responde ela. – Tenho medo de altura!

Acredito no que diz, porque, sinceramente, fico bastante satisfeito em poder olhar para as pernas e para o corpo dela, e sinto uma pontada no estômago sob a minha pele.

– Vamos, Tom! – Ela tenta negociar com o dentista. – Vamos, desça. Por favor!

– Bem, e por falar nisso, o que você está fazendo aqui? – pergunto a ele.

Ele vira o rosto para mim.

Inocente.

Então, diz:

– É por sua causa.

– Por minha causa! Que diabos eu *fiz?*

– Cobrei a mais de você.

– Cara, isso não foi legal. – De repente, por sadismo, eu o incentivo. – Vamos, pula, então. Você merece, seu filho da mãe vigarista.

E agora até a bela auxiliar de dentista quer que ele pule. Ela grita:

– Vamos, Tom, eu pego você!

E acontece.

Caindo.

Caindo.

Ele pula e cai, e a bela auxiliar o segura, beija-lhe a boca e o coloca com delicadeza no chão. Ela o abraça, encostando o corpo no dele. Ah, o uniforme branco se esfregando nele. Fico maluco e, no mesmo instante, quando ela grita para que eu também pule, me jogo e caio...

Na cama, ao acordar, fico deitado com o gosto de sangue na boca e com a lembrança da calçada e do impacto na minha cabeça.

2

Como o incidente do dentista acabou com o dinheiro que eu tinha, saí e fui implorar pelo antigo emprego de volta. O cara da banca de jornal não ficou impressionado.

Falou:

– Lamento, sr. Wolfe. Você é um tremendo risco. Você é perigoso.

Quem ouve esse sujeito falando pensa que eu estava andando por aí com uma escopeta de cano curto ou coisa parecida. Que merda, eu era só o entregador de jornais.

– Poxa, Max. – Insisti com ele. – Estou mais velho agora. Mais responsável.

– Por falar nisso, quantos anos você tem?

– Quinze.

– Bem... – Ele se concentrou e pensou. E fez uma pausa. Tomou a decisão. – Não. – Balançou a cabeça. – Não. Não. – Mas ele estava na minha mão, com certeza. Havia muita hesitação. Estava pensando demais. – De qualquer forma, quinze é velho demais agora.

Velho demais!

Cara, não era nada bom ser um entregador medíocre e desempregado, pode ter certeza.

– Por favor – falei, sem saber o que dizer. Era nojento. Tudo isso por causa de uma droga de entrega de jornais, enquanto outros caras da minha idade estavam ganhando dinheiro no McDonald's e na droga do Kentucky Fried Chicken. Era uma tragédia. – Caramba, Max. – Tive uma ideia. – Se você não me der o emprego de novo, volto aqui com as mesmas roupas que estou vestindo agora (estava usando calça de moletom, sapatos velhos e um agasalho velho e sujo) e vou trazer meu irmão e os amigos dele junto, e a gente vai se comportar como se estivesse numa biblioteca. Não vamos criar confusão, pode acreditar. Só andar por aí. Talvez alguns acabem roubando, mas duvido. Talvez, só um ou dois...

Max se aproximou de mim.

– Você está me ameaçando, seu lixo?

– Sim, senhor, estou. – Sorri. Pensei que as coisas iam se resolver.

Estava errado.

Estava errado porque meu antigo patrão, Max, me pegou pela gola do agasalho e me tirou da banca dele.

– E não volte aqui de novo – ordenou.

Fico parado.

Balanço a cabeça.

Para mim mesmo.

Lixo. Lixo!

Era verdade.

Minha estratégia para obter o emprego de volta tinha dado terrivelmente errado. No meu pescoço, a pulsação estava bastante forte, e era como se eu pudesse sentir o gosto do sangue da noite passada no fundo da garganta.

– Seu lixo – xinguei. Me olhei na vitrine da padaria ao lado e imaginei que estava com um terno azul-claro que tinha acabado de comprar, com uma gravata preta, sapatos pretos, cabelo bonito. A realidade, no entanto, era que eu estava vestindo roupas de pobre, e meu cabelo estava arrepiado, pior que nunca. Olhei para mim mesmo na vitrine, sem me importar com todas as pessoas a meu redor, e sorri aquele sorriso especial. Sabe, aquele sorriso que parece atingi-lo e dizer como você é patético. É o sorriso que eu estava sorrindo.

– Isso aí – falei para mim mesmo. – Isso aí.

Procurei outro emprego no jornal local (tive que pedir ao Rube para ir até a banca de jornal e comprar um para mim), mas não tinha nada. As coisas estavam complicadas. Empregos. Pessoas. Dinheiro. Ninguém estava procurando por alguém, nem alguma coisa nova. Cheguei ao ponto de pensar em fazer algo inimaginável: perguntar ao meu pai se podia trabalhar com ele aos sábados.

– De jeito nenhum – respondeu, quando falei com ele. – Sou encanador; não palhaço de circo, nem tratador de animais. – Ele estava comendo o jantar. Ergueu a faca. – Mas se eu fosse...

– Ah, poxa, pai. Eu posso ajudar.

Mamãe também deu a opinião dela.

– Ora, Cliff, dê uma chance ao garoto.

Ele suspirou, quase resmungou.

Uma decisão:

– Está bem – embora balançasse o garfo debaixo do meu nariz. – Mas basta quebrar alguma coisa, falar uma gracinha ou fazer uma besteira, e você está fora.

– Está bem.

Sorri.

Dei um sorriso para mamãe, mas ela estava comendo o jantar.

Dei um sorriso para mamãe, o Rube e a Sarah, e até para o Steve, mas todos eles estavam comendo o jantar porque o problema estava resolvido, e ninguém ficava animado com aquela história toda. Só eu.

Mesmo no trabalho, no sábado, meu pai não parecia muito entusiasmado com o fato de eu estar lá.

A primeira coisa que me obrigou a fazer foi meter a mão na privada de uma velha e retirar tudo que estava entupindo o cano. Sério, quase vomitei na privada na mesma hora.

– Ah, que *merda*! – gritei, sem fôlego, e meu pai apenas sorriu.

Falou:

– Bem-vindo ao meu mundo, filho. – E foi a última vez que sorriu durante todo o dia. No restante do tempo, me obrigou a fazer todo o trabalho sujo, como pegar canos no teto da van, cavar uma fossa debaixo da casa, ligar e desligar a energia elétrica, e recolher e arrumar as ferramentas dele. No fim do dia, me deu vinte contos e, na verdade, me agradeceu.

Falou:

– Obrigado pela ajuda, garoto.

Fiquei chocado.

Feliz.

– Embora você *seja* meio lento. – Ele me interrompeu bem nessa hora. – E não deixe de tomar banho quando chegar em casa.

A hora do almoço foi engraçada porque sentamos em dois baldes na van do papai e ele me fez ler o jornal. Tirou a parte do "Guia do Fim de Semana" e jogou o resto em cima de mim.

– Leia – falou.

– Por quê?

– Porque você não aprende nada, se não tiver paciência pra ler. A tevê tira isso de você. Deixa você burro.

Não preciso dizer que colei a cara no jornal e li. Ele podia me dispensar facilmente por não ler o jornal quando ele me mandava fazer isso.

O mais importante é que sobrevivi ao dia e tinha mais vinte dólares para mim.

– Sábado que vem? – perguntei a ele quando voltamos para casa.

Ele fez que sim com a cabeça.

A questão é que eu não fazia ideia de que trabalhar aos sábados ia me deixar aos pés de uma garota ainda melhor que a auxiliar de dentista. Foi dali a umas semanas, mas, quando aconteceu, senti uma coisa mexer dentro de mim.

No entanto, naquela primeira noite de sábado, fui até a porta da frente, sentindo orgulho de mim mesmo. Desci até o porão, porque é lá que fica o quarto de Steve, e Steve sempre sai nas noites de sábado; liguei o aparelho de som antigo e comecei a dançar um pouco. Cantei como todos os pobres-diabos fazem quando estão sozinhos e dancei como um perfeito idiota. Você não se importa, quando não tem ninguém por perto.

Então, o Rube entrou, sem que eu soubesse.

E viu.

– Lamentável. – A voz dele me assustou.

Parei.

– Lamentável – repetiu, fechando a porta e dando passos lentos e hesitantes nos degraus velhos e gastos.

Depois dele, ouvimos a voz de papai.

– Tenho quatro coisas pra dizer a vocês. Primeira, o jantar está pronto. Segunda, vão tomar banho. Terceira – olhou diretamente para o Rube dessa vez –, você, faça a barba.

Lancei um olhar rápido ao Rube e vi tufos de barba crescendo no rosto dele. Já estavam ficando espessos.

– E, quarta, vamos assistir a *Três homens em conflito* hoje à noite, e, se um de vocês quiser ver outra coisa, azar. A tevê já está reservada.

– A gente não liga – garantiu Rube.

– Então ninguém não vai reclamar.

– Então ninguém *vai* reclamar – corrigi o cara.

Grande erro.

– Você está a fim de arrumar confusão? – perguntou papai, se aproximando ainda mais.

– De jeito nenhum.

Deu as costas.

– Então, está bem. De qualquer forma, venham jantar. – Quando nos aproximamos dele, comentou:

– Não esqueçam que o coroa aqui ainda pode dar um belo pontapé na bunda de vocês por bancarem os engraçadinhos. – Estava rindo, porém.

Fiquei feliz.

Na porta, falei:

– Talvez eu economize pra comprar um aparelho de som como o do Steve. Talvez, um melhor.

Papai fez que sim com a cabeça.

– Não é má ideia. – Por mais durão que ele pudesse ser, eu achava que ele gostava que eu nunca ficasse só pedindo as coisas. Percebeu que eu queria economizar para comprá-las.

Foi o que fiz.

Não queria nada de graça.

De qualquer forma, nada vinha de graça para a nossa casa.

Rube falou.

Perguntou:

– E pra que você ia querer um aparelho de som, garoto? Pra dançar no seu quarto *desse jeito* lamentável?

Papai apenas parou, virou os olhos para ele, puxando-lhe a orelha.

Falou:

– Pelo menos, o garoto quer trabalhar, o que é mais do que posso dizer de você. – Virou as costas de novo e continuou:

– Agora, venham jantar.

Seguimos papai, e tive que tirar Sarah do quarto dela para comer. Ela estava lá levando uns amassos do namorado, apoiada no guarda-roupa.

É uma cena de filme, na qual estou com uma corda em volta do pescoço, esperando para ser enforcado. Estou montado em um cavalo. A corda está amarrada a um galho de árvore pesado. Meu pai está montado em um cavalo a distância, esperando com uma arma.

Sei que há algum tempo minha cabeça está a prêmio, e meu pai e eu temos um plano no qual ele me entrega, recebe a recompensa, então atira na corda quando eu estiver pronto para ser enforcado. De alguma forma, vou fugir, e repetiremos o procedimento em cidades por todo o país.

Estou sentado lá com a corda no pescoço, vestido com todo o aparato ultrajante dos caubóis. O xerife ou homem da lei ou coisa que o valha está lendo a sentença de morte, e toda essa gente caipira, mascando tabaco, está vibrando, pois sabe que vou morrer.

– Quais são as suas últimas palavras? – pergunta, mas, no início, só dou uma risada.

Então diz, rindo também:

– Boa sorte. – E de modo irônico:

– Que Deus te abençoe.

O tiro deve ser ouvido a qualquer momento.

Não é.

Fico nervoso.

Olho ao redor, e eu o vejo.

Dão uma palmada para o cavalo partir e, em seguida, estou pendurado ali, engasgando até morrer.

Minhas mãos estão amarradas na frente do corpo, e eu as estico para afrouxar a corda em volta do pescoço. Não está funcionando. Tento respirar, com dificuldade, dizendo:

– Vamos! Vamos.

Finalmente.

O tiro.

Nada.

– Ainda estou engasgando! – murmuro, mas meu pai vai cavalgando na direção da multidão. Atira mais uma vez; agora a corda se rompe, e eu caio.

Bato no chão.

Respiro fundo.

Ar.

Ótimo.

Balas voam à minha volta.

Pego a mão do meu pai, e ele me ergue até o cavalo que continua galopando.

Plano geral (plano da câmera).

Nova cena.

Tudo está tranquilo agora, e papai segura, mais ou menos, uma dúzia de notas de cem dólares. Me dá uma.

– Uma!

– Isso.

– Sabe – argumento –, eu realmente acho que devia ganhar mais que isso. Afinal, era o meu pescoço enforcado lá.

Papai sorri e joga fora um cigarro mascado.

E fala.

– É, mas fui eu que atirei pra você cair.

Com o deserto ao meu redor, percebo que minhas costas estão doendo por causa da queda.

Papai se foi e, sozinho, beijo a nota e digo:

– Dane-se, cara. – Começo a caminhar para algum lugar, esperando a próxima vez, torcendo para viver até lá.

3

Esqueci que estavam lá.

Esqueci que estavam lá até o dia seguinte, quando fiquei deitado na cama com uma dor incrível nas costas por causa das fossas que tinha cavado no dia anterior. Não sei por que me lembrei. Só lembrei. As imagens. As imagens.

Estavam escondidas debaixo da minha cama.

– As imagens – falei para mim mesmo e, sem pensar, saí da cama no quarto escuro que, aos poucos, clareava, e peguei as imagens. Eram imagens de mulheres que eu encontrara em um tipo de catálogo de loja de roupas de banho, que veio pelo correio no Natal passado. Eu tinha guardado.

De volta à cama, olhei as imagens de todas aquelas mulheres com as costas arqueadas e sorrisos, cabelos, lábios, quadris, pernas e tudo mais.

Vi a auxiliar de dentista nele. Não de verdade, claro. Só a imaginei lá. Ela ficaria bem nele.

– Pai do céu – falei, ao ver uma das mulheres. Olhei e fiquei com muita vergonha na cama porque... Não sei.

Só parecia que era feio fazer aquilo. Nem bem tinha amanhecido, e eu estava babando por aquelas mulheres, enquanto o restante da casa ainda dormia. E, pior ainda, num catálogo de Natal. E já estávamos em junho. Mesmo assim, olhei e virei as páginas do catálogo. Rube ainda roncava no outro canto do quarto.

Engraçado: olhar para aquelas mulheres devia deixar um garoto como eu muito feliz, mas isso só me fazia ficar com raiva. Ficava com raiva por ser tão fraco e olhar, feito esses caras pervertidos, para mulheres que podiam me comer no café da manhã. Pensei também, mas só por um segundo, em como uma garota da minha idade se sentiria olhando para aquilo. Era provável que ficasse mais zangada do que eu, porque, embora tudo que eu quisesse era tocar essas mulheres, a garota devia *ser* essas mulheres. Ela tinha que aspirar ser uma daquelas mulheres. Devia ser muita pressão.

Recostei, sem jeito, na cama.

Eu não tinha jeito.

– Safado. – Ouvi o Rube dizer no outro dia, lá no dentista.

– É. Safado – concordei em voz alta, e sabia que, quando ficasse mais velho, não ia querer ser um desses caras débeis mentais que penduram pôsteres de mulheres nuas da *Playboy* na parede da garagem. Não quero isso.

Naquele momento, não queria, por isso, tirei o catálogo sob o meu travesseiro e o rasguei na metade, depois, em quatro, e assim por diante, sabendo que ia me arrepender. Ia me arrepender da próxima vez que quisesse olhar.

Eu não tinha jeito.

Quando me levantei, joguei os pedaços de mulheres no meio da pilha de lixo para reciclar. Imaginei que elas voltariam no próximo Natal em um novo catálogo. Com os pedaços colados. Era inevitável.

Outra coisa inevitável era eu ir até o Lumsden Oval para ver Rube e Steve jogarem. O time de Steve era um dos melhores por aí e o de Rube, um dos piores que se podia ver em toda a vida. Rube e os colegas de time eram humilhados todas as semanas, e isso não era nada bonito de se ver. Rube, em si, não era mau jogador. Nem ele, nem uns poucos. Os outros eram totalmente inúteis.

Tomamos café mais tarde, vendo o programa *Sportsworld*, e ele me perguntou:

– Então qual é a sua aposta para o placar de hoje? Setenta a zero? Oitenta a zero?

– Não sei.

– Talvez a gente finalmente chegue aos três algarismos.

– Talvez.

Mastigamos.

Mastigamos enquanto Steve subia, vindo do porão, e pegava cinco bananas sobre a mesa para comer. Fazia isso todo domingo, e comia as bananas grunhindo pro Rube e pra mim.

No campo, no fim das contas, Rube acabou não errando por muito. Perdeu: 76 a 2. O outro time era imenso. Maiores, mais fortes e mais peludos. O time de Rube só conseguiu marcar os dois pontos no fim do jogo, quando o juiz inventou uma falta por pena. Eles chutaram a bola apenas para tirar o zero do placar. Não tinha ninguém comemorando ou coisa parecida, então, o cobrador tirou as chuteiras, pôs a bola em cima delas e chutou para o gol usando apenas meias. Em comparação, o time de Steve jogou bem, ganhou por 24 a 10, e Steve, como sempre, arrebentou.

No fim, só duas coisas meio interessantes aconteceram durante todo o dia.

A primeira é que vi Greg Fienni, um cara que tinha sido meu melhor amigo até pouco tempo atrás. A questão é que simplesmente deixamos de ser os melhores amigos. Não teve nenhum incidente, nenhuma briga, nada. Aos poucos, deixamos de ser parceiros. Provavelmente, porque Greg passou a se interessar por skate e se juntou a outro grupo. Para ser sincero, ele até tentou me fazer entrar no grupo com ele, mas eu não estava interessado. Eu gostava muito do Greg, mas não ia segui-lo. Agora estava metido com a turma do skate, e eu, bem, não tenho certeza de onde estava metido. Estava andando por aí por conta própria, e gostava disso.

No campo, quando cheguei, o jogo de Rube já tinha começado, e havia um bando de garotos sentado no canto superior, assistindo. Quando passei por eles, ouvi uma voz me chamar. Sabia que era Greg.

– Cam! – chamou. – Cameron Wolfe!

– Oi. – Virei. – E aí, Greg. (Devia ter posto um ponto de interrogação aqui, mas o que eu disse não era bem uma pergunta. Era uma saudação.)

Em seguida, Greg saiu do meio dos companheiros e caminhou na minha direção.

Foi rápido.

Perguntou:

– Quer saber o placar?

– É. Estou meio atrasado, hein? – Olhei de modo estranho para o cabelo afro descolorido. – Qual o placar?

– Vinte a zero.

O outro time marcou.

Rimos.

– Vinte a quatro.

– Ei, senta aí! – gritou alguém da turma. – Ou sai da frente!

– Está bem. – Encolhi os ombros e levantei a cabeça na direção de Greg. Ele olhou para os colegas por um momento e, então, falou:

– Vejo você depois, não é?

Umas garotas tinham acabado de se juntar ao grupo também. Acho que eram umas cinco. E eram bonitas. Duas delas tinham o tipo de beleza que disputa os concursos de mais bela da escola, enquanto as outras eram mais normais. Um tipo de beleza mais real. *Garotas reais*, pensei, *que, um dia, com sorte, podem vir falar comigo.*

– Está bem. – E Greg virou para os colegas. – Nos falamos depois.

Um mês depois, na verdade.

Engraçado, pensei, enquanto dava a volta na corda que delimitava o campo. *Antigamente, melhores amigos, e agora não temos quase nada a dizer um ao outro.* Era interessante como ele havia se juntado àqueles caras, e eu tinha ficado na minha. Não gostava nem desgostava disso. Só era engraçado que as coisas terminassem assim.

A segunda coisa interessante foi que, ao voltar para casa, à noitinha, eu estava sentado na varanda da frente, vendo os carros passarem, quando Sarah e o namorado vieram subindo a rua. O carro dele estava do lado de fora da casa, mas tinham decidido sair para dar uma caminhada. O carro era o orgulho e a alegria dele. Era um Ford vermelho que tinha um motor e tanto sob o capô. Algumas pessoas tinham uma queda por carros, mas, para mim, elas pareciam bem idiotas. Se você olhasse pela minha janela, podia ver toda a cidade sob uma cortina de fumaça de carro. Além disso, tem uns caras que sobem e descem a nossa rua até altas horas da noite e se acham superincríveis.

Sinceramente, acho que são uns otários.

Mas quem sou eu pra dizer isso?

A primeira coisa que faço quando acordo, no domingo de manhã, é ver imagens de mulheres seminuas.

Então.

Subindo a rua, eu os observo: Sarah e o namorado. Eu sabia que eram eles por causa dos jeans claros de Sarah, que ela usava com frequência. Talvez ela tivesse outros mais.

Eu me lembro melhor do modo como ela e o namorado que, por sinal, se chamava Bruce, estavam de mãos dadas enquanto caminhavam. Era bonito de ver.

Mesmo um garoto sujo como eu podia ver isso.

Eu podia.

Confessei a mim mesmo, na minúscula varanda da frente, que era uma beleza ver minha irmã e Bruce Patterson caminhando assim na rua, e, para ser sincero, pode me chamar do que quiser por dizer isso.

Na verdade, era isso que eu queria: ter o que minha irmã e Bruce tinham.

Claro, eu queria aquelas mulheres do catálogo, mas elas eram... irreais. Eram temporárias. Seriam desse jeito sempre. Apenas algo para recortar e jogar fora.

– E então? Como vai?

– Tudo bem.

Sarah e Bruce se aproximaram da varanda da frente e entraram.

Neste exato momento, ainda me lembro dos dois andando a rua desse jeito. Ainda vejo.

A pior coisa nessa história é que não demorou muito para o Bruce trocar a Sarah por outra. Conheço a substituta, mais adiante nessas páginas, mas só dou uma olhadela. Palavras rápidas. Palavras rápidas na porta da frente.

Ela parecia legal, mas não sei.

Não sei de nada, na verdade.

Eu...

Talvez, tudo o que eu saiba é que, naquele dia, na varanda da frente, quando observei Sarah e Bruce, senti alguma coisa e jurei que, se um dia eu tivesse uma namorada, eu a trataria direito e nunca seria mau nem safado com ela, nem a magoaria. Nunca. Jurei e tinha toda a confiança do mundo de que manteria a promessa.

– Eu a trataria direito – falei.

– Trataria.

– Trataria.

– ... trataria.

Estou no campeonato de críquete com um grupo maior de caras atrás de mim. Está chovendo de leve, e os jogadores estão fora do campo, por isso, todos estão infelizes. Os caras atrás de mim gritaram durante todo o dia, xingando os adversários, uns aos outros, e quem mais encontrassem.

Mais cedo, gritaram para um cara chamado Harris.

– Ei, Harris! Mostra pra gente onde você não tem cabelo!

– Harris, seu tarado!

Fico parado, próximo à cerca, em silêncio.

Quando nosso time estava defendendo, também chatearam um bocado os nossos caras, gritando:

– Ei, Lehmann, você tem sorte de estar em campo. Faz a ola pra gente!

Lehmann não fez, e eles não pararam.

– Ei, Lehmann, seu bosta ignorante, faz uma ola pra gente, ou vai ganhar uma chuva de cerveja na cabeça!

Depois de um tempo, o cara fez a ola, e todos comemoraram, mas agora, por causa do atraso e da chuva, a coisa está ficando exagerada.

A ola mexicana está dando a volta no campo.

As pessoas se levantam, atirando o que tiverem à mão e vaiando quando a ola chega aos bancos de reservas dos times, e eles não se levantam.

Quando a onda para, os caras descobrem um segurança jovem uns vinte metros à nossa direita. Ele é um dos muitos seguranças que usam calça preta, botas pretas e camisa amarela.

Ele é grande e parece meio bobo, o cabelo dele é preto e oleoso, e tem costeletas imensas, que vão quase até o queixo.

Começam a gritar para ele:

– Ei, você! Segurança! Faça uma ola!

Ele nos vê, mas não responde.

– Ei, Elvis, faça uma ola!

Ele sorri e assente, cheio de autocontrole, aguentando os comentários maldosos. Oohs e aahs, e você é um idiota e tal.

Eles continuam.

– Ei, Travolta!

– Ei, Travolta, faça uma ola! Direito!

Próximo ao fim do sonho, sinto-me repentinamente estranho e percebo que estou nu.

Sim, nu.

– Cara, está tudo bem? – pergunta alguém atrás de mim.

Então, as provocações começam.

– Caramba, eu te dou uma grana se você correr assim pelo campo.

Digo que não, e a cada vez que faço isso uma peça de roupa volta a aparecer sobre a pele.

O sonho maluco termina quando me sento lá, de novo, com as roupas normais, feliz e sorridente por não correr, nem invadir o campo, como queriam que eu fizesse.

Como o sonho sugere, posso ser pervertido e maluco, mas não sou um completo idiota.

– Vocês não vão me pegar sem calça. Pelo menos, não por enquanto.

Ninguém me ouve.

Os jogadores voltam para o campo.

O segurança continua cheio de autocontrole.

4

Na semana seguinte, o tempo esfriou bem. As manhãs em nossa casa eram superagitadas, como sempre.

No quarto, Sarah se maquiava para trabalhar. Papai e Steve gritavam tchaus. Mamãe limpava o estrago que tínhamos feito na cozinha.

Na quarta-feira, Rube bateu na minha perna e então me arrastou para o banheiro, para que a mamãe não visse eu me contorcendo e agonizando no chão do quarto. Eu ria e chorava, ao mesmo tempo, enquanto ele me arrastava.

– Você não quer que a mamãe ouça isso. – Ele cobriu minha boca. – Lembre-se: se ela contar pro papai, não vou pagar por isso sozinho. Nós dois é que vamos.

Era a regra em nossa casa. Sempre que tinha algum problema, todo mundo aguentava. O coroa iria até o corredor com aquele olhar que dizia *meu dia foi uma bosta, e não voltei para casa para ter que aguentar vocês*. Então, daria um tapa com as costas da mão: nas costelas ou na orelha. Sem perder tempo. Se o Rube levasse, eu levava também. Então, por pior que fosse a briga, ninguém além de nós tomava conhecimento dela. Normalmente, já sentíamos bastante dor do jeito que era. A última coisa que queríamos era o papai metido nisso.

– Está bem, está bem. – Baixei a voz para falar com Rube, quando estávamos em segurança no banheiro. – Caramba, por que você fez isso?

– Não sei.

– Não acredito. – Ergui os olhos para o sujeito idiota. – Você me acertou na perna por nada. Estou chocado, isso, sim.

– Eu sei. – Ele estava sorrindo, e isso me deu vontade de empurrá-lo para a banheira e estrangulá-lo, mas não ia adiantar. Sarah estava batendo na porta.

– Me deixa entrar!

– Está bem!

– Agora!

– Está bem!

No caminho para a escola, encontramos alguns colegas de Rube.

Simon.

Jeff.

Cheese.

Nós os convidamos para ir, lá em casa, à tarde, para um jogo que chamamos de Um Soco. Acontece que só temos um par de luvas de boxe na garagem; por isso, o jogo é uma luta de boxe na qual os dois lutadores só têm uma luva. Um Soco.

Jogamos na própria quarta-feira, e estávamos a fim. Muito a fim. A fim de bater. A fim de apanhar. A fim de fazer aquilo, mesmo que significasse não passar um tempo com o restante da família. Quer dizer, você ficaria surpreso em saber que dá para disfarçar um machucado ficando no canto mais escuro da sala.

Rube é canhoto, então, prefere ficar com a luva esquerda. Eu fico com a direita, que é a minha mão boa. São três rounds, e o vencedor é declarado. Algumas vezes, é fácil dizer quem vence. Outras, não.

Essa tarde, em particular, foi bem ruim para mim.

Pegamos as luvas no pátio e, primeiro, foi Rube contra mim. Rube e eu sempre fazíamos as melhores lutas. Sem regras. Tudo que eu precisava era dar um bom soco, e, a partir daí, Rube tentar acertar minha cabeça. Um bom soco de Rube me fazia ver estrelas e ficar sem ar. Eu só tentava ficar de pé sempre.

Então, "Din-don", fez Cheese sem entusiasmo, e a luta começou.

Fizemos um círculo no pequeno pátio, que era metade concreto, metade grama. Era um cercado urbano, não muito maior que um ringue de boxe de verdade. Não tinha muito espaço para se desviar. E tinha o concreto duro também...

– Vamos. – Rube deu um passo e foi direto na minha cabeça, mudou de direção e acertou a minha costela. Em seguida, deu um golpe de verdade na minha cabeça e errou por pouco a orelha. Foi então que vi ele baixar a guarda, aí mandei uma direita bem no nariz dele. Entrou. Incrível.

– *Uau!* – Comemorou Simon, mas Rube continuou concentrado. Deu uns passos de novo, sem medo, e não se preocupou com meu balanço arrogante. Ele se inclinou e me atingiu no olho. Bloqueei o golpe e tentei acertá-lo. Ele se desviou, me girou e empurrou contra a parede, me puxando em seguida. Me empurrou de novo. Me botou de pé na grama e acertou o punho fechado no meu ombro. Sim. Ele acertou. Ah, estava tudo bem. Era como um machado abrindo as minhas juntas, e depois minha cabeça foi atingida pela mão esquerda dele. Ela se lançou para a frente e parou no meu queixo.

Com força.

Aconteceu.

O céu desabou.

Fiquei sem ar.

O chão oscilou.

O chão.

O chão.

Balancei.

Errei.

Rube riu, sob a barba que estava nascendo.

Ele riu assim que caí de joelhos, e eu me levantei só um pouco para me agachar ali. A contagem começou, com prazer.

Rube:

– Um... dois... três...

Quando voltei a me levantar, e os gritos de Simon, Jeff e Cheese deixaram de ser murmúrios, só mais uns socos e o primeiro round terminou.

Sentei no canto do pátio, na sombra.

Segundo round.

Mais ou menos a mesma coisa, mas, dessa vez, Rube também caiu.

O terceiro round foi briga de cachorro grande.

Nós dois começamos a dar golpes duros, e me lembro de resvalar na costela do Rube umas sete ou oito vezes e de receber, pelos menos, uns três bons socos na bochecha. Foi violento. O vizinho do lado esquerdo tinha papagaios na gaiola e um cachorro anão. As aves gritaram por cima da cerca, e o cachorro anão latia e pulava na cerca, enquanto meu irmão e eu lutávamos até cair desmaiados. O punho dele era um borrão grande e marrom que continuava a se projetar do braço comprido, me atingindo e cantando, enquanto colava minha pele aos ossos. Tudo parecia dobrado, instável, tremido, e adquiria uma cor laranja-escura, e eu podia sentir aquele gosto de metal escorrendo do nariz para o lábio, passando pelos dentes e ficando na língua. Ou será que eu estava sangrando na boca? Não sei. Não sabia de nada até me agachar de novo, ficar tonto e achar que ia vomitar.

– Um... dois...

Dessa vez, a contagem não significava nada.

Ignorei.

Dessa vez, só o que fiz foi me sentar apoiado na cerca de trás até me recuperar.

– Tudo bem? – perguntou Rube pouco depois, com o cabelo espesso balançando sobre os olhos dele.

Fiz que sim com a cabeça.

Estava bem.

Ao voltar para casa, chequei os danos, e não parecia nada bom.

Não tinha sangue no meu nariz. Ele vinha da minha boca, e eu tinha um olho roxo. Dos bem escuros.

Não adiantava esconder. Não hoje. Não tinha sentido. Mamãe ia matar a gente.

Foi o que ela fez.

Deu uma olhada em mim e falou:

– E o que foi que aconteceu com você?

– Ah, nada.

Então viu Rube, que tinha o lábio meio inchado.

– Ai, garotos. – Balançou a cabeça. – Vocês me dão nojo, sério. Não conseguem ficar uma semana sem machucar um ao outro.

Não. Não conseguíamos.

Estávamos sempre machucando um ao outro: no boxe ou jogando futebol na sala com um par de meias enrolado.

– Melhor ficarem longe um do outro, por enquanto – ordenou, e obedecemos àquela ordem. Tentamos mesmo ouvir a nossa mãe, pois ela era durona e fazia faxina na casa de gente rica para viver, trabalhando muito para que tivéssemos uma boa casa. A gente não gostava muito quando ela se decepcionava com a gente.

A decepção ia continuar.

Ficou muito pior durante o dia seguinte porque alguns dos meus professores ficaram um pouco preocupados com o estado do meu rosto e com o modo como eu sempre parecia ter um novo hematoma, ferida ou arranhão nele. Me fizeram um monte de perguntas esquisitas sobre como iam as coisas em casa, como eu lidava com meus pais e todo tipo de coisa. Só disse a eles que me dava bem com todo mundo e que as coisas estavam do mesmo jeito em casa. Muito bem.

– Tem certeza? – perguntaram.

Como se eu fosse mentir. Talvez devesse ter dito a eles que tinha batido na porta ou levado um tombo na escada do porão. Eles teriam rido um bocado. Na verdade, só disse a eles que eu lutava boxe como um passatempo, e que ainda não era muito bom.

Sem dúvida, não acreditaram no que eu disse porque, na tarde de quinta-feira, minha mãe recebeu um telefonema da escola, solicitando uma reunião com o diretor e a assistente social.

Ela foi na sexta-feira, na hora do almoço, e quis ter certeza de que Rube e eu também estávamos lá.

Do lado de fora, pouco antes de entrar no gabinete da assistente social, falou:

– Esperem aqui e não se mexam até eu dizer que podem entrar.

Concordamos e nos sentamos, e uns dez minutos depois, ela abriu a porta e chamou:

– Agora. Entrem.

Nós nos levantamos e entramos.

Dentro do gabinete, o diretor e a assistente social nos fitavam com um tipo de repugnância controlada e divertida. E mamãe também, e a razão daquele olhar ficou clara quando ela enfiou a mão dentro da bolsa e retirou nossas luvas de boxe, dizendo animada:

– Muito bem, podem colocar.

– Ai, caramba, mãe – protestou Rube.

– Não, não, não – insistiu o sr. Dennison, o diretor. – Estamos muito interessados em ver isso.

– Vamos, garotos – disse mamãe em tom irônico. – Não fiquem envergonhados...

Mas essa era a questão. Nos intimidar. Nos humilhar. Nos envergonhar. Dava para ver o que estava acontecendo, quando cada um de nós colocou a luva.

– Meus filhos – falou minha mãe para o diretor e, então, para nós. – Meus filhos.

A expressão no rosto dela era de amarga decepção. Parecia que ia chorar. As rugas ao redor dos olhos dela eram leitos de rio secos e escuros, esperando. Nenhuma lágrima rolou. Ela só olhou. Para longe. Então, decidida, fixou os olhos em nós e parecia pronta a cuspir em nossos sapatos e nos renegar. Eu não a culpava.

– Então, é isso que eles fazem – disse minha mãe para eles. – Lamento por tudo isso, por desperdiçar o tempo dos senhores assim.

– Está tudo bem – falou Dennison, e ela apertou a mão dele e da mulher da assistência social.

– Desculpem – falou mais uma vez e saiu, sem nem mesmo voltar a olhar para nós. Ela nos deixou parados ali, usando as luvas, feito dois animais ridículos no inverno.

Não me pergunte o porquê, mas estou na Rússia, sentado num ônibus, em Moscou.

Está lotado.

O ônibus se move lentamente.

Está congelando.

O cara perto de mim está sentado próximo à janela e segura um tipo de roedor que sibila para mim, mesmo que eu só esteja olhando para ele. O cara me dá uma cutucada, diz alguma coisa e ri. Quando pergunto se é Moscou mesmo (porque, claro, eu nunca estive lá), começa a conversar comigo por um longo tempo, o que é um milagre, pois não posso dizer nem uma palavra, já que não falo a língua dele.

Ele é inacreditável.

Falando.

Rindo, e, no fim, gosto de verdade do cara. Rio de todas as piadas dele pelas linhas que lhe fazem no rosto.

– Ônibus lento – digo. Claro que ele não entende nada.

Rússia.

Dá para dizer que diabos estou fazendo na Rússia?

O ônibus também está congelando. Já disse isso? Já? Olha, sério, está, e todas as janelas estão embaçadas.

Tremo.

Tremo no banco até não aguentar mais.

De pé.

Tento me levantar, mas pareço colado ao banco. É como se tivesse ficado congelado a ele.

– Levanta! – digo para mim mesmo, mas não consigo. Não consigo!

Então, vejo alguém em meio à multidão no corredor, mancando na minha direção.

Não.

Ai, não.

É uma velha, e, na Rússia, as velhas cobram os direitos delas de verdade. Pior ainda, ela está olhando direto para mim. Direto para mim.

– Me ajuda a levantar – falo para o cara perto de mim. Imploro, mas ele não faz coisa alguma. Aí se vira para dormir, amassando o roedor contra a janela. O bicho engasga.

Ela ainda está vindo.

Não.

Um pesadelo.

Faz uma careta e fixa os olhos em mim, me dizendo em silêncio para sair do banco.

– Levanta! – grito para mim mesmo.

Não consigo, e ela...

Chega.

– Iá! – começa, e a partir daí nada pode interrompê-la. Ela cospe xingamentos em russo bem na minha cara e ergue os punhos. As minúsculas mãos ferozes tentam me erguer, segurando minhas roupas, para me tirar do banco.

– Sinto muito! – murmuro, mas a velha é a fúria em pessoa, me deixando mais agitado.

Mais tarde, estou sentado no corredor, e o fundo da calça ainda está colado no banco. Um homem de meia-idade fala comigo na minha língua:

– Não devia ter ofendido aquela senhora, garotão.

– Não brinca? – retruco, tentando manter a pele nua longe do chão congelado.

A velha sorri com nojo para mim.

5

Este é um capítulo importante.

Pelo menos, eu acho que é.

Os hematomas no meu rosto sararam muito rápido, e passei toda a fase seguinte da minha vida andando por aí. Uma coisa estava para acontecer. Estava lá fora, em alguma parte além da vidinha limitada de sempre. Estava lá fora; não que me esperasse, mas existia. Era. Talvez estivesse só imaginando se eu ia alcançá-la.

Talvez eu esteja apenas falando besteira.

Tanto faz.

O que aconteceu foi que conheci uma garota quando estava trabalhando com papai durante o sábado.

Ela valia a pena, sério.

Eu tinha passado a manhã inteira cavando uma fossa debaixo da casa, dessa vez, em um bairro que ficava a uns cinco quilômetros do nosso, e estava morto. Morto na hora do almoço.

Tinha sujeira no corpo todo, e meu pescoço estava esticado e rígido de ficar curvado, cavando. Quando saí da parte de baixo da casa, ela estava lá. Estava lá com a mãe e o pai, e era tão real que quase engasguei com a boca seca. Tinha a minha altura e um rosto calmo e real. Sorriu para mim com lábios reais, e a voz real me disse "Oi" quando nos encontramos.

Limpei a mão direita na calça e cumprimentei todos eles. Mãe. Pai. Garota.

– Meu filho, Cameron – falou papai quando me arrastei para longe, tirando a terra do cabelo. Até parecia que ele gostava um pouco de me ter por perto.

– Bom-dia – falei, quando ergui os olhos para eles, e papai meio que levou os pais dela para dar uma volta e ver o que tínhamos feito na propriedade. Eles estavam fazendo umas ampliações bem grandes que bagunçaram um pouco o terreno. Mas era uma bela casa.

A garota.

– Rebecca – tinha me dito a mãe.

Enquanto papai dava a grande volta, fiquei sozinho com ela.

O que eu devia fazer?

Falar?

Esperar?

Sentar?

No fim, tudo que fizemos foi ficar ali de pé um pouco e depois sentar numa dessas cadeiras dobráveis. Desviei os olhos, olhei para ela e os desviei de novo.

Que animal.

Eu tinha mesmo jeito com as damas, não é?

Finalmente, quando era quase tarde demais, e os coroas estavam voltando, falei para ela com uma voz baixa e surtada: "Eu gosto de trabalhar aqui", e, depois do silêncio, nós dois rimos um pouco e pensamos *Que coisa esquisita de se dizer*. Eu gosto de trabalhar aqui. Eu gosto de trabalhar aqui. Eu gosto. Trabalhar aqui. Eu. Gosto de trabalhar aqui.

Enquanto repetia isso mentalmente, ficava imaginando se ela sabia o que realmente significava.

Acho que sabia.

Rebecca.

Era um belo nome, e, embora eu gostasse da tranquilidade do rosto dela, gostava mais ainda da voz. Me lembrava dela e a deixava cantar através de mim. Só aquele "Oi". Patético, eu sei, mas, quando a sua experiência com mulheres é tão pequena quanto a minha, você aproveita o que tem.

Isso durou toda a tarde. E nem tinha tanta dor assim no trabalho que eu fazia, porque eu tinha Rebecca agora. Tinha a voz dela, e a realidade daquilo para entorpecer tudo. Entorpeceu as bolhas que se formavam na base dos dedos e amaciou a pá que castigava minha espinha.

– Oi – dissera ela. – Oi. – E tinha rido comigo, quando eu disse alguma coisa tola. As garotas já tinham rido de mim, mas era raro eu rir *com* uma delas. Era raro me sentir bem com uma cidade sobre os ombros e o rosto de uma garota tão perto do meu. Ela respirava e via as coisas, e era real. Essa era a melhor parte. Era mais real que a auxiliar de dentista, porque não estava atrás de um balcão, sendo paga para ser simpática. E, com certeza, era mais real que as mulheres daquele catálogo, porque não dava para fazer picadinho dessa garota. Eu nunca ousaria machucá-la, xingá-la ou escondê-la debaixo da cama.

Olhos. Olhos vivos. Cabelo claro descendo pelas costas. Uma espinha na lateral do rosto, perto do cabelo. Pescoço e ombros bonitos. Não era uma rainha da beleza. Não uma daquelas. Você sabe, aquelas.

Era real.

Ela tocou música depois, e não era algo de que eu gostasse, mas isso a tornou ainda mais real. A situação toda até me fez sorrir para o papai, quando ele me deu uma bronca por cavar no local errado.

– Desculpa, pai – falei.

– Cave ali.

Fico imaginando se ele sabia. Duvido. Pareceu não entender nada quando perguntei se voltaríamos na semana seguinte.

– Claro, voltaremos – respondeu, curto e grosso.

Um pouco depois, perguntei:

– Qual é o sobrenome dessa gente?

– Conlon.

Rebecca Conlon.

O que mais me impressionou é que, de repente, comecei a rezar. Comecei a fazer orações por Rebecca Conlon e a família dela. Não conseguia parar.

– Por favor, abençoe Rebecca Conlon – ficava pedindo a Deus. – Faça com que ela fique bem, certo? Faça ela e a família dela ficarem bem hoje à noite. É só o que peço. Em nome do Pai, do Filho e do Espírito Santo. – E fazia o sinal da cruz como os católicos fazem, e nem sou católico. Não sei o que sou.

Na semana seguinte, continuei rezando e continuei me esforçando para me lembrar do rosto, da voz dela.

– Eu seria bom para ela – continuei dizendo a Deus. – Seria.

Na verdade, estava dividido entre o amor que sentia pelo rosto e pelo corpo dela e o amor que tinha pela voz dela. O rosto tinha muita personalidade. Força. Eu adorava. E, com certeza, adorava o pescoço e a garganta, e os ombros, os braços, e as pernas dela. Tudo isso, e então tinha a voz.

A voz vinha de alguma parte dela. Vinha de alguma parte que não se mostrava, eu esperava, para qualquer um.

A pergunta era: *Em qual parte dela eu estava mais interessado?* Era na aparência ou na realidade interior que eu podia sentir saindo sorrateiramente?

Comecei a dar caminhadas, só para pensar nela, só para imaginar o que estava fazendo, e se, por acaso, estava pensando em mim.

Virou uma tortura.

– Deus, ela está pensando em mim? – perguntei a Deus.

Deus não respondeu, então eu não sabia. Sabia apenas que andava paralelo ao trânsito, que ria ao passar por mim. Multidões desciam do ônibus e trens me ignorando ao caminhar. Não importava. Eu tinha Rebecca Conlon. Nada mais tinha importância para mim. Mesmo ao voltar para casa, quando discutia com Rube, eu não me preocupava. Continuava a não me preocupar porque ela estava em algum lugar perto de tudo isso no meu pensamento.

Alegria.

Era isso que eu sentia?

Algumas vezes.

Outras vezes, era invadido por pensamentos de dúvida e um tipo de verdade que me dizia que ela não tinha pensado em mim. Era possível, pois as coisas nunca acontecem do jeito que devem. Era muito provável que uma garota doce como aquela pudesse arrumar coisa melhor que eu. Podia arrumar coisa melhor que um cara que planejava assaltos ridículos com o irmão, era despedido de bancas de jornal e humilhado pela mãe.

Algumas vezes, eu pensava nela nua, mas nunca durante muito tempo. Não queria ela só para isso. Sério.

Eu queria encontrar o local de onde vinha a voz dela. Era isso que queria. Queria ser bom para ela. Queria agradá-la, e suplicava para isso acontecer. Suplicar, porém, não leva a lugar nenhum. Sabia que era verdade, mas fazia isso em meu íntimo, de qualquer forma, enquanto contava as horas até voltar para ela.

Coisas aconteceram durante a semana que se seguirá nos próximos capítulos, mas agora eu devo contar no fim deste o que aconteceu quando papai e eu aparecemos na casa dos Conlon no sábado seguinte.

Foi isso que aconteceu.

Meu coração bateu forte.

Uma delas voltou.

Dá pra acreditar?

Que cara de pau.

Sabe do que estou falando? É uma das mulheres daquele catálogo de roupa de banho, e ela vai atrás de mim na cozinha.

Sedutora.

Está bolorenta e meio escurecida. Suada.

– Olá, Cameron. – Ela continua caminhando e puxa uma cadeira para se sentar bem na minha frente. Nossos joelhos se tocam, ela chega perto de mim desse jeito. O sorriso dela significa alguma coisa. Perigo? Desejo? Erotismo?

Como posso sonhar com isso agora?

Hoje à noite?

Depois de tudo que aconteceu ultimamente?

Só posso estar de brincadeira comigo mesmo.

Será que é um teste?

Bem, seja lá o que for, ela se curva na minha direção e lambe os lábios. A roupa de banho é um biquíni, que é amarelo e mostra muita coisa do corpo dela. Dá para acreditar? Deixa um dos dedos tocar meu pescoço, deslizando-o por ele, e a unha é leve o suficiente para não arranhar. É suave, e alguma coisa me diz para aproveitar ao máximo, para não deixá-la parar. Então, alguma outra coisa grita, em alguma parte, aos meus pés, e tenho que lhe pedir que pare. Sobe.

Ela está em cima de mim.

Respirando.

Sinto o perfume e o movimento delicado do cabelo dela.

Suas mãos começam a me despir e a boca toca a minha.

Eu sinto.

Aproximando.

Empurrando.

Na minha direção.

Ela desce, deixando os dentes tocarem a pele do meu pescoço. Me beija, por muito tempo, com a língua tocando...

Dou um salto.

– O quê?

Estou de pé.

– O quê? – pergunta. Ohh...

– Não posso. – Seguro a mão dela para dizer a verdade. – Não posso. Simplesmente, não posso.

– Por que não?

Os olhos são de um azul forte, e quase deixo que continue, quando começa a acariciar minha barriga, buscando as outras partes do meu corpo. Faço-a parar, bem na hora, e fico imaginando como consegui.

Me afasto e respondo:

– Eu tenho alguém real. Alguém que não é só...

– Só o quê?

Verdade:

– Uma coisa que eu só deseje.

– É só isso que sou? Uma coisa?

– Sim. – Vejo a mudança.

Ela parece um fantasma e, quando estendo a mão para tocá-la, minha mão a atravessa.

– Sabe – explico –, olhe para mim. Um cara como eu não pode realmente tocar alguém como você. É assim que as coisas funcionam.

Quando ela desaparece completamente, percebo que minha realidade não é a garota do catálogo ou a rainha da beleza da escola ou alguém assim.

A modelo usando roupa de banho deixara a bolsa sobre a mesa. Vou pegá-la, mas não a abro por medo de explodir no meu rosto.

A rainha da beleza que eu desejo.

A garota real que desejo agradar.

Sonho completo.

6

Lembra quando falei que gostava de observar Sarah e Bruce subindo a rua no domingo à noite?

Bem, durante a semana tudo isso pareceu mudar.

Também teve outra mudança, porque Steve, que normalmente não volta para casa do escritório até umas oito da noite, também está em casa. A razão para isso era que, na véspera, no futebol, ele tinha torcido o tornozelo. Não era grave, dissera, mas, na segunda-feira de manhã, o tornozelo estava do tamanho de uma bola de arremesso de peso. O médico o afastara durante seis semanas, por causa de danos no ligamento.

– Mas voltarei em um mês, vocês vão ver.

Ele ficava sentado no chão com as muletas perto e o pé erguido sobre umas almofadas. Ficaria em casa durante quinze dias, antes de o patrão lhe dar metade das férias antecipadamente. Isso deixou o Steve maluco, não apenas porque ele ia perder parte das férias de verão, mas porque odiava ficar sentado lá.

O mau humor dele com certeza não ajudou a melhorar as coisas na sala entre Sarah e Bruce.

No sofá, na terça-feira, em vez de mandar ver como costumavam fazer, os dois pareciam colados no assento de tão tensos que estavam.

– Cheira esta almofada – disse Rube uma hora, quando eu os observava enquanto tentava não fazer isso.

– Por quê?

– Está fedendo.

– Não estou a fim de cheirar.

– Anda. – O rosto peludo e ameaçador se aproximou, e eu sabia que ele não ia aceitar um não como resposta.

Jogou a almofada em cima de mim, esperando que eu a pegasse e enfiasse minha cara nela, e dissesse que fedia. Rube sempre estava me obrigando a fazer coisas assim, que pareciam ridículas e sem sentido.

– Anda!

– Está bem!

– Cheira – falou – e me diz se não está com o cheiro do pijama do Steve.

– Do pijama do Steve?

– É.

– Meu pijama não fede. – Steve olhou para nós.

– O meu fede – falei. Era uma piada. Ninguém riu. Então me virei para Rube.

– Como *você* sabe que o pijama do Steve tem esse cheiro? Você anda por aí cheirando o pijama das pessoas? Você é uma droga de cheirador de pijama ou coisa do tipo?

Indiferente, Rube me deu uma olhada.

– Você pode sentir o cheiro quando ele passa. Agora *cheira*!

Cheirei e concordei que a almofada não tinha cheiro de rosas.

– Eu disse.

– Ótimo.

Joguei de volta para ele, que a devolveu para o lugar onde estava. Esse era o Rube. A almofada fedia, ele sabia que fedia e estava preocupado com isso. Queria conversar sobre o assunto, mas uma coisa era certa: de jeito nenhum ele ia lavar a almofada. Voltando para o canto do sofá, ela ficou por lá, fedendo. Eu ainda podia sentir o cheiro dela agora, mas só porque o Rube tinha chamado a atenção. Provavelmente, era a minha imaginação. Obrigado, Rube.

O que deixava as coisas mais complicadas era que, normalmente, se Bruce e Sarah não estavam se agarrando, pelo menos, falavam alguma coisa, por mais besteira que a gente falasse. Naquele dia, no entanto, Bruce não disse nada, e Sarah não disse nada. Eles apenas ficaram sentados, assistindo ao vídeo que tinham alugado. Sem dizer uma palavra.

Enquanto tudo isso acontecia, melhor eu dizer que rezava por Rebecca Conlon e sua família. Isso fez até com que eu começasse a rezar pela minha família. Eu rezava para não decepcionar mais minha mãe e para meu pai não trabalhar tanto assim e se matar antes dos 45 anos. E rezava para o tornozelo de Steve melhorar. Rezava para Rube tomar um rumo na vida uma hora dessas. Rezava para Sarah ficar bem, e que ela e Bruce ficassem bem. Só ficassem bem. *Ficassem bem.* Disse isso um monte de vezes. Disse quando comecei a rezar por toda a droga da idiota raça humana e por qualquer pessoa ferida, faminta, morrendo ou sendo estuprada naquele exato instante.

Só faça com que fiquem bem, pedi a Deus. *Todas as pessoas com Aids e todas essas coisas também. Só faça com que fiquem bem agora, e aqueles caras sem-teto com barba e trapos, e sapatos estropiados, e dentes estragados. Faça eles ficarem bem... mas, sobretudo, faça Rebecca Conlon ficar bem.*

Isso estava me deixando maluco.

De verdade.

Quando Sarah e Bruce não percebiam que eu os estava observando, ficava olhando fixamente para eles e me perguntando há quantos dias e semanas eles estavam trocando amassos.

Imaginava como isso podia acontecer.

Me dava medo.

Deus, por favor, abençoe Rebecca Conlon. Faça com que fique bem...

Mais tarde, quando voltei para o meu quarto e de Rube, pude ouvir o rumor de Sarah e Bruce conversando atrás da parede, no quarto dela. A cidade estava escura, a não ser pelas luzes do edifício que pareciam feridas, como se os band-aids tivessem sido arrancados para expor a pele da cidade.

A única coisa que parecia nunca mudar era a cidade na hora da transição entre a tarde e a noite. Sempre ficava sombria, distante, ignorando o que se passava. Eram milhares de lares em toda a cidade, e alguma coisa estava acontecendo em todos eles. Havia um tipo de história em cada um, mas independente. Ninguém mais sabia. Ninguém mais se importava. Ninguém mais sabia sobre Sarah Wolfe e Bruce Patterson, nem ligava para o tornozelo de Steven Wolfe. Ninguém mais, lá fora, rezava por eles ou rezava repetidas vezes por Rebecca Conlon. Ninguém.

Então, percebi que havia apenas um eu. Havia apenas um eu que podia se preocupar com o que estava acontecendo aqui, no interior das paredes da minha vida. Outras pessoas tinham os próprios mundos com os quais se preocupar e, no fim, tinham que cuidar delas mesmas, assim como nós.

Eu andava em círculos.

Rezando.

Me preocupando com Sarah.

Rezando feito um idiota incoerente.

Este capítulo é curto, mas, se eu o aumentasse, seria um mentiroso.

O que me lembro sobre aquela noite é a oração, a discussão sobre a almofada fedorenta, o tornozelo do Steve e a tensão entre Sarah e Bruce.

E a cidade que existia lá fora. Me lembro disso também.

O futuro.

Hora de relaxar.

Estamos no limite da cidade, bem perto dela, como se pudéssemos estender a mão e tocar os edifícios; estender a mão e apagar as luzes que tentam brilhar em nossos olhos para nos cegar.

Estamos pescando. Rube e eu.

Nunca pescamos antes, mas hoje estamos pescando, durante toda a noite.

Nossas linhas balançam num imenso lago, de um azul que escurece, com estrelas descendo sobre a água.

A água está parada, mas cheia de vida. Podemos senti-la se mover debaixo do barco velho e gasto que alugamos de um vigarista na praia. De vez em quando, ele balança debaixo de nós. De início, não sentimos medo porque, mesmo não sendo totalmente estável, sabemos onde estamos, e as coisas não estão se movendo com tanta rapidez.

Pegamos.

Nada.

Absolutamente. Nada.

– Droga de casos perdidos. – Rube começa a conversar.

– Eu falei que não devíamos sair pra pescar. Quem sabe o que tem neste lago?

– As almas dos mortos da cidade. – Rube sorri com um tipo de alegria irônica. – E se eu encontrar uma no fim da linha?

– Pula do barco, marujo.

– Com toda certeza.

A água se mexe mais uma vez, e devagar as ondas começam a rolar de um lugar que não podemos ver. Elevam-se, pulam para dentro do barco e ficam mais altas.

E tem um cheiro.

– Um cheiro?

– É, não está sentindo? – pergunto a Rube. Digo isso como se fosse uma acusação.

– Estou, sim, agora que você falou.

A água está muito alta agora, erguendo o barco e nós, e nos jogando para baixo de novo. Uma onda atinge meu rosto, e fico com a boca cheia de água. O gosto é nojento, arde, e percebo pela expressão no rosto de Rube que ele também engoliu um pouco.

– É petróleo – fala.

– Ai, meu Deus.

As ondas diminuem um pouco agora, e me viro para um barco que está mais próximo da cidade, bem perto da praia. Tem um cara dentro dele, e uma garota. O cara desce na praia com alguma coisa na mão.

A coisa brilha.

– Não! – *Levanto e agito os braços.*

Ele acende. Um cigarro.

Acende, quando vejo outra pessoa dando voltas na baía intensamente. Quem é? Me pergunto, e, em outro barco, um homem e uma mulher de meia-idade também estão remando.

O cara joga o cigarro dentro do lago.

Vermelho e amarelo rolam para dentro dos meus olhos.

Esquecimento.

7

Na quinta-feira daquela semana, Rube também me convenceu a dar mais uma saída, uma jornada bem diferente das nossas saídas normais para roubar.

Placas de trânsito.

Esse era o novo plano.

Era à tardinha ainda, quando teve essa ideia e me disse qual das placas queria pegar.

– A placa de "Dê a preferência" – falou ele. – A da rua Marshall. – Sorriu. – Afanamos, certo, umas onze da noite, com aquela chave sueca do papai, aquela que você ajusta rodando a coisa em cima...

– A chave inglesa?

– É. Essa aí... Botamos o capuz, andamos até lá casualmente, como M. E. Waugh na hora de rebater, eu subo nos seus ombros e pegamos a placa.

– Para quê?

– O que, exatamente, você quer dizer com *para quê*?

– Quero dizer: qual a finalidade disso?

– Finalidade? – Ele estava... qual é mesmo a palavra? Exasperado. Frustrado. – Não precisa de finalidade, filho. Somos jovens, delinquentes, não temos namorada, temos meleca no nariz, dor de garganta, feridas no corpo todo, espinhas, sem namorada (eu já disse isso?), sem dinheiro, comemos purê de cogumelos com carne quase toda noite no jantar e enchemos o prato de molho de tomate pra engolir tudo isso. Você precisa de mais razões? – Meu irmão jogou a cabeça para trás na cama e fitou o teto em desespero. – Não pedimos muito, santo Deus! O senhor sabe disso!

Era isso.

A próxima missão.

Eu juro: naquela noite, parecíamos selvagens, bem como o Rube descreveu no ataque dele. Primeiro, fiquei chocado com o fato de ele conhecer a gente daquele jeito. Como eu. Só que o Rube sentia orgulho disso.

Talvez não soubéssemos *quem* éramos, mas sabíamos *o que* éramos, e, para o Rube, isso fazia com que praticar atos de vandalismo, como roubar placas de trânsito, parecesse lógico. Com certeza, ele não parecia pensar na possibilidade de terminarmos numa cela de delegacia sem as barras de proteção adequadas.

Claro, sabíamos que não íamos conseguir.

O único problema foi que conseguimos.

Saímos às escondidas pela porta de trás da casa, faltando uns quinze minutos para a meia-noite, com o capuz cobrindo a cabeça e os passos nos arrastando para a frente. Caminhamos tranquilos, e até corajosos, rua abaixo, soltando vapor na respiração, com as mãos nos bolsos, achando que o mundo estava a nossos pés. Fungávamos, e a respiração parecia queimar através do ar, rasgando-o. Eu me sentia como o tal de Júlio César saindo para conquistar outro império, e tudo que íamos fazer era roubar uma droga de triângulo cinza e cor-de-rosa, que deveria ter sido vermelho e branco.

Dê a preferência.

– Mais como dê *cabo dela* – falou Rube, dando um riso abafado ao chegarmos ao local da placa. Ele subiu, escorregou, depois subiu de novo nos meus ombros.

– Muito bem – tornou a falar, quando se equilibrou. – Chave sueca.

– Hã?

– A *chave sueca*, idiota. – O murmúrio dele era rouco e cheio de vapor no frio.

– Ah, claro, isso, esqueci.

Entreguei a ele a chave sueca, inglesa ou fosse qual fosse o nome dela, e meu irmão começou a desparafusar a placa de “dê a preferência” no cruzamento das ruas Marshall e Carlisle.

– Caramba, ela está meio teimosa – reclamou Rube.

– O parafuso está tão enferrujado que todo o lixo está ficando preso na porca. Só continue me segurando, tá bem?

– Estou ficando cansado – falei.

– Bem, aguente. A barreira da dor. A barreira da dor, filho. Os grandes sempre conseguem romper a barreira da dor.

– Que grandes? Ladrões de placas?

– Não. – Curto e grosso. – Atletas, retardado.

Então, veio o triunfo.

– Muito bem – anunciou Rube. – Peguei. – Pulou dos meus ombros com a placa, assim que a luz foi acesa num dos apartamentos velhos da esquina.

Uma mulher foi até a varanda e suspirou:

– Ei, dá pra fazer o favor de crescer?

– Vamos. – Rube puxou meu casaco. – Vamos, vamos, vamos!

Saímos correndo e ríamos, enquanto Rube segurava a placa acima da cabeça, gritando:

– É isso aí!

Mesmo quando entramos de fininho em casa, a adrenalina ainda estava correndo no meu sangue. Desapareceu aos poucos quando voltamos para o nosso quarto. Com a luz do quarto apagada quase imediatamente,

Rube empurrou a placa para baixo da cama dele e falou, só para fazer graça:

– Se você contar isso pra mamãe ou pro papai, enfio essa placa na sua goela.

Ri um pouco e logo adormeci, ainda ouvindo os sons delicados de suspiros femininos diante de pessoas indesejáveis no meio da noite. Também fiquei pensando em Rebecca Conlon antes de dormir e me lembrei dos momentos em que caminhamos pela rua e pegamos a placa, quando fingia que ela estava me observando. Não tinha certeza se ela ia gostar de mim ou pensar que eu era um completo idiota. Completo idiota, provavelmente.

– Enfim – suspirei para mim mesmo debaixo do cobertor. – Enfim. – E comecei a rezar por ela e todos os outros por quem tinha rezado ultimamente. Durante a noite, não muito depois de o sono me pegar, meu sonho veio. Um sonho muito ruim. Um pesadelo. De verdade.

Você vai vê-lo daqui a pouco...

No dia seguinte, de manhã, Rube tirou a placa para admirá-la mais uma vez no conforto do nosso quarto. Eu havia acabado de tomar banho.

– Não é linda? – perguntou.

– É. – No entanto, eu não parecia muito interessado.

– Qual é o seu problema?

– Nada. – Era o pesadelo.

– Então, tá. – Guardou a placa e meteu a cabeça no corredor. – Aah. – Olhou de volta para mim. – Você deixou a porta do banheiro aberta de novo. Você faz isso de propósito só pra ficar frio lá dentro antes de eu entrar no chuveiro, não é?

– Esqueci.

– Bem, tenta lembrar da próxima vez.

Ele saiu, mas eu o segui, com o cabelo molhado e arrepiado em todas as direções.

– Aonde diabos você pensa que vai?

– Tenho que lhe contar uma coisa.

– Está bem. – Ele me deixou do lado de fora do banheiro. Ouvi o chuveiro ligando, a porta destrancando, a cortina fechando e então um grito:

– Entra!

Entrei e sentei na privada com a tampa abaixada.

– Bem – gritou ele para mim –, qual é o problema?

Comecei a contar sobre o pesadelo, e um calor parecia sair de mim, dominando o calor do banheiro. Levei uns minutos para explicar o sonho de modo adequado.

Quando acabei, tudo que o Rube disse foi:

– E daí? – O vapor estava ficando denso.

– Então, o que devemos fazer?

O chuveiro parou.

Rube enfiou a cabeça pela cortina.

– Me passa aquela toalha.

Passei.

Ele se enxugou e saiu, emergindo do vapor e dizendo:

– Bem, com certeza você está contando um sonho confuso, meu filho.

Ele não tinha ideia de como era confuso. Eu que tinha sonhado. Eu que tinha acreditado nele quando estava dentro de mim. Era eu que.

Acabe.

Acabe com isso.

Não...

Eu que tinha acordado na escuridão do nosso triunfo com suor invadindo meus olhos e um grito silencioso comprimindo meus lábios.

No meio do banheiro agora, sugeri:

– Temos que levar a placa de volta.

Primeiro, Rube tinha outras ideias.

Aproximou-se e falou:

– Podemos ligar pra companhia de engenharia de tráfego, dizendo que a placa tem que ser substituída.

– Vai levar semanas pra *eles* substituírem.

Rube fez uma pausa. Então, falou:

– É. Você tem razão. – Infelicidade. – O estado das nossas vias por aqui é uma desgraça para a nação.

– Então, o que fazemos? – perguntei mais uma vez. Estava genuinamente preocupado agora com a segurança do público em geral, e porque me lembrei de uma história que tinha visto no noticiário fazia um ano mais ou menos, em que uns caras, nos Estados Unidos, pegaram uns vinte anos de cadeia por roubar uma placa, porque isso causou um acidente fatal. Pode procurar, se não acredita em mim. Isso aconteceu.

– O que vamos fazer? – perguntei de novo.

Rube respondeu ao não responder com rapidez.

Saiu do banheiro, vestiu a roupa e, então, levou as mãos à cabeça quando sentou na minha cama.

– O que mais *podemos* fazer? – indagou, quase implorou. – Vamos levar de volta, imagino.

– Sério?

Selvagens, sim.

Selvagens apavorados.

– É. – Ele estava arrasado. – Sim. Vamos devolver. – Era como se alguém tivesse roubado alguma coisa do próprio Rube. Mas o quê? Por que essa necessidade de pegar coisas? Era só para sentir como era quebrar as regras e sentir-se bem, sendo mau? Talvez fosse porque Rube se achava um fracassado e estava provando isso a si mesmo, ao tentar roubar. Talvez quisesse ser como o herói dos filmes americanos aos quais assistíamos na tevê. Para ser sincero, não tinha ideia do que estava acontecendo na mente dele, e ponto final.

Antes de irmos para a escola, ele pegou a placa e deu uma última, triste e amorosa olhada.

Naquela noite (sexta-feira), nós a levamos de volta lá pelas onze, e ninguém nos pegou, graças a Deus. Teria sido uma tremenda ironia, quero dizer, ser pego por roubar uma placa quando, na verdade, a gente estava devolvendo.

– Bem – falou ele, quando chegamos em casa –, voltamos de mãos vazias. Pra variar.

– Hum. – Não consegui dizer nada naquele momento.

Uma coisa de que sempre vou me lembrar daquela noite é que, quando voltamos para casa, Steve estava na varanda da frente, sentado, no frio. As muletas ainda estavam perto dele, porque o tornozelo continuava muito ruim. Estava sentado ali, em nosso sofá velho, com uma caneca sobre a grade.

Quando nos esgueiramos pela lateral da casa, meio que ignorando Steve, ouvi a voz dele.

Voltei.

Perguntei.

– O que foi que você acabou de dizer? – perguntei com um tom de voz normal, como se estivesse interessado no que tinha dito.

Ele repetiu.

Isso:

– Não acredito que somos irmãos.

Balançou a cabeça.

E falou de novo.

– Vocês, caras, são uns perdedores.

Para falar a verdade, foi o jeito como falou que me fez voltar. Falou como se a gente estivesse tão abaixo dele que ele mal podia se importar. Então, considerando o que tínhamos acabado de fazer, eu quase conseguia entender o ponto de vista dele. Como Steven Wolfe podia ter o mesmo sangue que Rube e eu, e o mesmo que a Sarah, por sinal?

De qualquer forma, só parei um pouco, antes de voltar a andar, ouvindo um ruído estridente partir minha cabeça, por dentro. Ela gemia, como se estivesse ferida.

De volta ao nosso quarto, perguntei ao Rube em que lugar na parede ele teria posto a placa. Talvez eu tenha perguntado para esquecer o que Steve me dissera.

– Aqui?

– Não.

– Aqui?

– Não.

– Aqui?

Durante muito tempo, não obtive resposta, e, naquela noite, a luz ficou acesa por um tempo para o Rube pensar sobre coisas que eu nunca saberia. Tudo que fez foi ficar deitado na cama, esfregando lentamente a barba, como se fosse tudo que lhe restasse.

Depois de me ajeitar na cama, pensei bastante sobre o dia seguinte, trabalhando na casa dos Conlon. Rebecca Conlon. Tinha pensado que o dia nunca chegaria, mas, no dia seguinte, eu voltaria lá. Assim que me esqueci de Rube e Steve, foi bonito estar vivo, com a consciência livre e esperando por uma garota que valia cada oração.

Depois de um longo tempo, Rube fez uma declaração.

Falou:

– Cameron, eu não colocaria aquela placa em lugar nenhum da nossa parede.

Virei para encará-lo.

– Por que não?

– Você sabe por que não. – Continuou fitando o teto. Apenas a boca se moveu. – Porque, quando mamãe a visse, me mataria.

Tem um carro, rodando pela cidade. É alaranjado, grande, e faz o ruído pesado, melancólico que os carros gostam de fazer. Ruge pelas ruas, embora sempre pare nos sinais vermelhos, nas placas de "pare" e coisas do tipo.

Corta para outro local...

Rube e eu estamos andando, fora do portão principal, supostamente para ver o Steve jogando futebol, embora seja umas duas da madrugada. Está frio, sabe, aquele tipo de frio nojento. Frio que, de alguma forma, respira. Penetra a boca da gente, de modo brusco e doloroso.

Uma pergunta.

Rube:

– Você já pensou em bater no coroa?

– No nosso coroa?

– Isso.

– Por quê?

– Não sei... Você não acha que ia ser engraçado?

– Não. Não acho, não.

Nisso, voltamos em silêncio, andando. Nossos pés se arrastam pelo caminho, ao mesmo tempo que uns poucos carros isolados circulam. Os táxis passam e mudam de direção na rua, um caminhão de lixo faz força perto de nós, com excesso de peso. O carro alaranjado passa por nós, rugindo.

– Imbecis – falo para o Rube.

– Com certeza.

Quando ele diz isso, o carro arranca, e nós o ouvimos avançar; então, ele volta por uma rua lateral atrás de nós.

Corta para outro local...

Rube e eu estamos de pé na esquina das ruas Marshall e Carlisle. Rube se abaixa quando os últimos acordes de um carro se aproximam. Ele se abaixa, segurando entre as pernas a placa de "dê a preferência" que roubamos. O poste está sem placa quando olho para ele. É só um poste sem placa enfiado no cimento.

A chegada.

O carro alaranjado sobe a rua Marshall, à toda, chegando ao fim da rua com avidez.

Quando passa por nós, está voando.

Sem placa.

Sem placa.

Acelera em nossa direção, e meus olhos se fecham; um tremendo som de metal preso e enrolado em mais metal, um grito, e uma chuva atrasada de cacos de vidro.

Rube está agachado.

Fico de pé, com os olhos ainda fechados.

Um silêncio que murmura.

Está em toda parte.

Meus olhos abrem, e nós caminhamos.

Rube baixa a placa, fica de pé, e nós caminhamos em pânico, tremendo e devagar, até os carros que parecem ter abocanhado um ao outro em pleno ataque.

Em seu interior, as pessoas parecem devoradas.

Estão mortas, sangrando e mutiladas.

Estão mortas.

– Estão mortas! – grito para Rube, mas nada sai da minha boca. Nem som. Nem voz.

Então, um cadáver volta à vida.

Os olhos dele estão fixos em mim, a pessoa grita, e o som nos meus ouvidos é insuportável. Isso me derruba, e pressiono as têmporas com as mãos.

8

Quando vou até a casa dos Conlon na manhã seguinte com papai, é verdade, meu coração bate tão forte, ou tão grande, como disse primeiro, que meio que me machuca. Ele bombeou alguma coisa na minha garganta, me fazendo salivar, cheio de perguntas.

O que eu ia dizer?

Como ia agir quando a visse?

Simpático?

Calmo?

Indiferente?

Naquele estilo tímido e sensível que, no passado, nunca funcionou comigo?

Não fazia ideia.

No caminho, na van, pensei que ia engasgar, sufocar ou coisa assim. Tudo por causa do sentimento que essa garota plantara dentro de mim. Ele cresceu quando nos aproximávamos da casa dela. Chegou ao ponto de me fazer torcer para que o sinal seguinte fosse vermelho e eu pudesse ter mais tempo de pensar nas coisas.

É engraçado. Tive toda a semana para pensar nisso, para me preparar, e agora já era o sábado, e eu não sabia o que fazer. Talvez tivesse tido tempo demais para pensar nisso. Talvez devesse passar menos tempo me preocupando com Sarah e Bruce, e com Steve, e roubando e devolvendo placas com Rube. Talvez, então, meu próprio jogo não tivesse sido prejudicado. Talvez, então, eu tivesse ficado bem.

Se.

Apenas.

Não adiantava.

Estava tudo perdido.

Quando chegássemos lá, pensei, *era melhor só enfiar a cabeça na fossa e cavar um buraco para mim*. As garotas não gostam de caras como eu. Que garota que se respeite podia me suportar? Cabelo sempre bagunçado. Mãos e pés sujos. Sorriso torto. Que andava mancando, preocupado. Não. Definitivamente, isso não era bom. Nada disso.

Vamos encarar os fatos, até falei para mim mesmo, *você não merece uma namorada*. Estava certo. Não merecia. E dava mostras, no melhor dos casos, de uma moral duvidosa. Era controlado com facilidade pelo meu irmão. Fazia coisas patéticas, que não tinham importância, e só eram feitas por um tipo de orgulho selvagem que era tão ridículo que mal dava para entender. Era uma pessoa confusa, desesperada e ansiosa, andando por aí para que alguma coisa me fizesse sentir bem...

Então. De repente.

Num instante, pensei que era estranho nunca ter rezado por mim mesmo. Será que eu não tinha salvação? Será que era tão sujo que não merecia uma oração? Talvez. Pode ser.

Mesmo assim, *consegui que Rube devolvesse a placa*, fiz um esforço para argumentar. *Então, talvez, no fim das contas, não seja tão mau.* Era melhor assim. Um pouco de pensamento positivo, enquanto a van do meu pai se arrastava na direção do meu destino.

Quando estacionamos na casa, até comecei a acreditar por uns míseros minutos que, talvez, não fosse o degenerado feio e nojento que julgava ser. Comecei a dizer para mim mesmo que, provavelmente, eu era muito normal. Lembrei-me do que pensei naquele dia, voltando do dentista, que todos os garotos são bem nojentos, feito animais. Talvez o desafio fosse, de alguma forma, ser maior que tudo isso. Talvez fosse o que eu estava buscando com Rebecca Conlon. Só uma chance de provar que podia ser simpático e respeitável, em vez de simplesmente devasso e terrível. Eu só queria uma chance de tratá-la direito, e sabia que não ia desperdiçá-la.

Não podia.

Não ia me permitir isso.

– Não vou estragar tudo – murmurei para mim mesmo, ao sair da van. Respirei fundo, como se estivesse andando até a coisa mais importante da minha vida. Então, percebi. Esta *era* a coisa mais importante da minha vida.

– Segure isso – falou meu pai, me entregando uma pá, e, durante a manhã, trabalhei duro e esperei Rebecca Conlon aparecer. Então, descobri, numa conversa entre meu pai e a mãe dela, que ela não estava lá. Tinha passado a noite na casa de uma amiga.

– Ótimo – falei, no espaço entre a língua e a garganta.

E sabe qual é a pior parte disso?

Foi saber que, se Rebecca Conlon trabalhasse no meu lugar, eu teria feito de tudo, sem a menor dúvida, para estar lá e vê-la. Teria ficado, teria me pregado ao chão dois dias antes, se soubesse que ela estava vindo, só para ter certeza de que não ia deixar de vê-la.

– Eu teria – falei, concordando comigo mesmo, e continuei a trabalhar.

Trabalhei até ficar dormente. Foi terrível. Até meu pai me perguntou se eu estava bem. Respondi que sim, mas nós dois sabíamos que eu estava infeliz.

No fim do dia, quando a garota ainda não havia chegado, papai me deu dez dólares a mais. Deu e falou:

– Você trabalhou bem hoje, garoto. – Depois se afastou e parou, virou e completou:

– Quer dizer, Cameron.

– Obrigado – falei, e, mesmo fazendo um esforço grande para sorrir de verdade, o sorriso que dei ao meu pai era infeliz.

– Eu teria tratado ela direito – falei para a cidade, do lado de fora da janela de casa, mas não adiantava. A cidade não ligava, e, no quarto ao lado, Sarah e Bruce estavam discutindo.

Rube entrou e deitou de bruços em sua cama. Pôs o travesseiro sobre a cabeça e falou:

– Acho que gostava mais quando eles estavam se agarrando.

– É. Eu também.

Eu também deitei na minha cama, só que de costas e cobri os olhos com as mãos. Apertando-os com os polegares, dava para ver desenhos na escuridão.

– Qual vai ser o jantar? – perguntei a Rube, temendo a resposta.

– Salsicha, acho, e a sobra dos cogumelos.

– Ah, que legal. – Virei para o lado, em agonia. – Muito legal.

Então, Rube tirou o travesseiro da cabeça e respondeu com ar sério:

– E acabou o molho de tomate.

– Melhor ainda.

Parei de falar então, mas continuei remoendo aquilo por dentro. Depois de um tempo, cansei e pensei: *Não se preocupe, Cameron. Todo cão tem o seu dia.*

Só que não é hoje.

(Por sinal, comemos os cogumelos. Olhávamos para eles; em seguida, olhávamos para a frente. Olhávamos para baixo de novo. Nojento. Não tinha sentido recuar. Comemos porque éramos nós e, no fim, comemos tudo. Sempre comemos. Sempre comemos tudo. Mesmo que vomitássemos o jantar, se nos dessem novamente na noite seguinte, Rube e eu provavelmente teríamos comido a mesma coisa.)

Tem uma multidão imensa ao redor de uma briga, e ela está berrando, uivando e gritando, como se os socos estivessem acertando o alvo e os punhos moldassem os rostos. É uma multidão imensa, umas oito fileiras, por isso, é muito difícil abrir caminho.

Me ajoelho.

Rastejo.

Procuro brechas e, então, passo por elas, até finalmente estar lá. Estou diante da multidão, que forma um círculo gigante e espesso.

– Vai! – berra o cara perto de mim! – Vai pra cima!

Parado, olho para a multidão. Não assisto à luta. Não ainda.

Tem todos os tipos de pessoas no meio da multidão. Magrelas. Gordas. Negras. Brancas. Amarelas. Todas acompanham e gritam para o centro do ringue.

O cara perto de mim está sempre gritando no meu ouvido, perfurando meu crânio, indo direto para o cérebro. Sinto a voz dele nos meus pulmões. Ele grita muito alto mesmo. Nada consegue detê-lo, nem os caras atrás dele, xingando para fazê-lo calar a boca. Não adianta.

Tento pará-lo, fazendo uma pergunta, um grito acima do restante da multidão.

– Pra quem você está torcendo? – pergunto.

Ele para de fazer barulho. Na mesma hora.

Olha.

Para a luta. Então, para mim.

Passam-se mais uns segundos, e ele diz:

– Estou torcendo pelo azarão.

E é aí que dou uma olhada na luta, pela primeira vez.

– Ei!

Tem alguma coisa esquisita.

– Ei! – chamo o cara de novo, porque só tem um lutador naquele círculo imenso, barulhento e agitado. Um garoto. Ele está socando com força e se movendo, bloqueando e agitando os braços para coisa nenhuma.

– Ei, por que só tem um garoto lutando? – pergunto de novo para o cara perto de mim.

Dessa vez, ele não olha para mim, não. Continua concentrado no garoto dentro do círculo, que luta de modo tão intenso que ninguém consegue desviar os olhos dele.

O cara fala comigo.

Uma resposta.

Diz:

– Ele está lutando contra o mundo.

E, agora, observo o azarão no meio do círculo lutar, pôr-se de pé, cair e voltar a se apoiar nos quadris e nos pés, e lutar de novo. Ele continua na luta, por mais que caia. Levanta. Algumas pessoas comemoram. Outras riem agora e xingam.

Não consigo me segurar.

Observo.

Meus olhos ficam inchados e ardem.

– Ele pode vencer?

Pergunto e, agora, também não consigo desviar os olhos do garoto no círculo.

9

No domingo, Rube voltou a perder de lavada em campo, o time de Steve perdeu sem ele, e eu perambulei um pouco pelas ruas. Não estava com vontade de voltar para casa naquele dia. Algumas vezes, você simplesmente não tem vontade, sabe? Era hora de esclarecer umas coisas.

Primeiro, deixei que os terríveis acontecimentos da véspera nublassem meu caminho enquanto andava. Andei além do Lumsden Oval, me aprofundando na cidade, e preciso lhe dizer que tinha tanta gente esquisita que, quando cheguei em casa, me sentia realmente satisfeito por voltar.

Estava usando jeans e botinas, tinha tomado banho de manhã e, na verdade, lavado o cabelo. Enquanto caminhava, ainda sentia o cabelo arrepiando de maneira incontrolável, como se fizesse isso para me expor. Mesmo assim, eu me sentia bem por estar limpo.

Talvez o coroa esteja certo, pensei comigo mesmo. *Toda aquela ladainha que ele repete de que somos sujos, uma vergonha... Acho que é bom estar limpo.*

As lojas de sempre ficaram para trás quando passei. Sorveterias. Lanchonetes. Também passei por uma barbearia, e lá tinha um careca cortando o cabelo de um cara de um jeito tão feroz que me deu medo. Sempre vejo uma coisa assim, um tipo de maldade contra um ser humano que só pode me fazer cair ou tropeçar com uma surpresa cruel. Ou ficar inquieto. Naquele dia, lembro que isso me fez tentar convencer o cabelo a baixar, mas imediatamente ele voltou a ficar espetado.

No fim das contas, o dia e a caminhada não foram o sucesso nem a renovação que eu estava procurando.

Continuei andando.

Você já fez isso?

Só andar.

Só andar, sem ideia de aonde vai chegar?

Não era uma sensação boa, mas também não era ruim. Eu me senti preso e livre, ao mesmo tempo, como se eu mesmo fosse a única pessoa que não me permitisse ser grande ou infeliz. Como sempre, o trânsito ecoava a meu redor, aumentando a sensação de que eu não pertencia a lugar nenhum. Nada era fixo. Tudo se movia. Se transformava em alguma coisa. Igualzinho a mim.

Desde quando eu tinha algo dentro de mim para uma garota?

Desde quando me importava com minha irmã e com o que acontecia na vida dela?

Desde quando ligava para o que Rube tinha na cabeça?

Desde quando ouvia Steve Bem-Sucedido e me importava se ele olhava ou não de cara feia?

Desde quando ficava andando sem rumo? Caminhando, quase vagando, pelas ruas?

Então me dei conta.

Eu estava só.

Eu estava só.

Não dava pra negar.

Tinha certeza.

Sabe, eu nunca fui um cara com um monte de amigos. Além do Greg Fienni, nunca tive realmente amigos. Meio que fiquei na minha. Odiava isso, mas também me orgulhava. Cameron Wolfe não precisava de ninguém. Não precisava estar no meio do bando. Nem todo mundo gosta de andar por aí. Não, precisava apenas do instinto. Precisava apenas era dele mesmo, e poderia sobreviver às lutas de boxe no quintal de casa, aos roubos e a qualquer outra vergonha que viesse pela frente. Então, por que me sentia tão estranho agora?

Vamos ser sinceros.

Tinha que ser por causa da garota.

Tinha que ser.

Não.

Era por causa de tudo.

Era a minha vida.

Estava ficando complicada.

Minha vida, e, enquanto caminhava ao longo da rua agitada, vi o céu acima de mim. Vi os edifícios, os apartamentos caindo aos pedaços, uma tabacaria cheia de fuligem, outra barbearia, fios elétricos, lixo nas sarjetas. Um morador de rua me pediu dinheiro, mas eu não tinha. A cidade estava à minha volta, inspirando e expirando como os pulmões de um fumante.

Quase de imediato, parei de caminhar quando percebi que toda aquela sensação boa tinha desaparecido de mim. Talvez tivesse saído de mim para ser dada ao morador de rua. Talvez tivesse desaparecido em alguma parte do meu estômago e eu nem tivesse percebido. Tudo o que havia agora era essa ansiedade que eu não podia explicar. Que visão. Que sensação. Era terrível: um garoto muito magro, parado, sozinho. Essa era a conclusão. Sozinho, e não me sentia preparado para lidar com isso. Muito de repente. Sim, de repente, não me senti como se pudesse lidar com meu sentimento de solidão.

Era assim que ia ser para sempre?

Eu sempre ia viver com esse tipo de falta de confiança em mim mesmo, de dúvida em relação à civilização à minha volta? Eu sempre ia me sentir tão pequeno que ia doer, e que mesmo o grito mais alto, rugindo da minha garganta, era, na verdade, apenas um lamento? Será que meus passos sempre iam parar de modo tão súbito e afundar no caminho?

Eu ia sempre?

Eu ia?

Ia?

Era terrível, mas ergui os pés e continuei andando.

Não pense, falei para mim mesmo. *Não pense em nada.* Porém, mesmo o nada era alguma coisa. Era um pensamento. Era um pensamento, e as sarjetas ainda estão cheias das entranhas inchadas e soltas da cidade.

Eu não me achava capaz de lidar com isso, mas caminhei sem prestar atenção, tentando desencavar uma nova ideia que faria as coisas melhorarem de novo.

Você não pode se preocupar assim, aconselhei a mim mesmo um pouco mais tarde, quando cheguei à Central Station. Parei perto de uma banca de jornal durante um tempo, olhando a *Rolling Stone* e todo tipo de coisas. Era perda de tempo, claro, mas, de qualquer forma, fiz isso. Se tivesse dinheiro comigo, teria entrado num trem e ido até o cais, só para dar uma olhada na ponte, na água e nos barcos por lá. Talvez houvesse um mímico lá ou algum outro pobre-diabo a quem eu não pudesse dar dinheiro, de qualquer forma, porque não tinha nada comigo. Mas, então, se tivesse dinheiro para o trem, talvez tivesse para dar ao pobre artista de rua. Talvez pudesse dar uma volta de barca pelo porto. Talvez. Talvez...

A palavra *talvez* estava começando a me irritar, porque a única coisa certa era que *talvez* me acompanhasse para sempre.

Talvez a garota tivesse algo dentro dela para mim.

Talvez Sarah e Bruce ficassem bem.

Talvez Steve voltasse para o trabalho e para o campo de jogo tão rápido quanto queria. Talvez, um dia, não olhasse de cara feia para mim.

Talvez o coroa sentisse orgulho de mim um dia, talvez, quando a gente terminasse o serviço dos Conlon.

Talvez minha mãe não tivesse que ficar na frente do fogão, à noitinha, preparando cogumelos e salsichas, depois de trabalhar o dia inteiro.

Talvez *eu* pudesse cozinhar.

Talvez Rube me dissesse uma noite dessas o que se passava na cabeça dele. Ou talvez deixasse a barba crescer até o pé e virasse um tipo de sábio.

Talvez eu acabasse fazendo alguns amigos uma hora dessas.

Talvez tudo isso acabasse amanhã.

Talvez não.

Talvez só tivesse que andar um pouco mais, até o Circular Quay, pensei, mas decidi que não, pois uma coisa que não era só um talvez era que mamãe e papai iam acabar comigo, se eu me atrasasse.

Depois de ouvir o cara do alto-falante dizer cinquenta vezes: "O trem na plataforma dezessete vai para MacArthur" ou outro lugar qualquer, voltei para casa, vendo todas as minhas dúvidas pelo outro lado. Você já viu dessa forma? Como quando se está de férias. Na volta para casa, tudo está igual, mas parece um pouco diferente do que era no caminho. É porque você está vendo de trás para a frente.

É assim que as coisas são, e, quando voltei para casa, fechei o pequeno portão principal, meio quebrado, que não fechava direito, entrei e me sentei no sofá. Perto da almofada fedida. Na frente do Steve.

Depois de meia hora da reprise de *Agente 86* e de uma parte do noticiário, Rube entrou na sala. Sentou, olhou para o relógio e comentou:

– Que droga, a mamãe está mesmo atrasada com o jantar.

Olhei para ele.

Talvez eu o conhecesse.

Talvez não.

Eu conhecia o Steve, porque ele era menos complicado. Os vencedores sempre são. Sabem exatamente o que querem e como vão conseguir.

– Desde que não seja o de sempre – falei em voz alta para Rube.

– O quê?

– O jantar de sempre.

– Ah, tá. – Fez uma pausa. – É só o que ela prepara, não é?

Nesse momento, tenho que admitir que todas as queixas sobre o jantar me envergonham agora, sobretudo, por causa do modo como as pessoas nas ruas da cidade ficam pedindo comida. Mas é fato: eu me queixava.

Mesmo assim, fiquei nas nuvens quando descobri que não íamos ter cogumelos no domingo à noite.

Talvez as coisas finalmente melhorassem.

Ou, talvez, não.

Estou correndo.

Indo atrás de alguém que não parece existir, e, de vez em quando, digo a mim mesmo que estou atrás de nada. Digo a mim mesmo para parar, mas nunca paro.

A cidade é invadida à minha volta pela ampla luz do dia, mas não tem ninguém na rua. Não tem ninguém nos edifícios, nem nos apartamentos, nem nas casas. Não tem ninguém em parte alguma. Os trens e ônibus se movem sozinhos. Sabem o que fazer. Expiram, mas nunca inspiram. É só um jorro contínuo de algo sem emoção, e estou só.

Tem Coca-Cola derramada na rua. Escorre para dentro dos bueiros feito sangue.

Ouvem-se as buzinas dos carros.

Os freios respiram ruidosamente, e, então, os carros seguem adiante.

Caminho.

Ninguém.

Ninguém.

É estranho, penso, como tudo pode simplesmente seguir em frente sem todas as pessoas. Talvez as pessoas estejam lá, mas eu não possa vê-las. As vidas delas as varreram da minha visão. Pode ser que as almas vazias delas as tenham engolido.

Vozes.

Ouço vozes?

Estou num cruzamento, um carro me acompanha, e sinto que alguém está olhando para mim, mas é o vazio que me encara. Quando o carro parte, ouço uma voz, que desvanece.

Corro.

Persigo o carro, ignorando os sinais barulhentos de "não atravesse" que piscam para mim e ressoam em meus ouvidos, caso eu seja cego.

Sou cego?

Não. Eu vejo.

Continuo correndo, e toda a cidade passa correndo por mim como se eu fosse conduzido por uma força humano-alienígena. Esbarro em pessoas invisíveis e continuo correndo. Estou vendo... carros, rua, poste, ônibus, faixa de pedestres, faixa contínua, cruzamento, atravesse, motor engasgando, não atravesse, poluição, sarjeta, não ultrapasse, sorveteria, loja de armas, facas baratas, reggae, discoteca, garotas ao vivo, outdoor da Calvin Klein com um homem e uma mulher de roupa íntima. Imenso. Fios, monotrilho, verde, amarelo, vermelho, todos os três, ande, pare, corra, corra, cruze, vire sempre à esquerda com cuidado, Howard Showers, bueiros, salve o Timor Leste, parede, janela, espírito, saí para o almoço, volto em cinco minutos.

Não havia tempo.

Corro até minha calça rasgar e meus sapatos serem apenas o peito do pé com um resto de material em volta dos tornozelos. Os dedões estão sangrando. Tento andar em meio à Coca-Cola e à cerveja. Respinga na minha perna e escorre.

Ninguém está lá.

Onde está todo mundo?

Onde?

Nenhum rosto, só movimento.

Caio. Estou exausto. Cabeça rachada na sarjeta. Acordado.

Mais tarde.

As coisas mudaram, e agora as pessoas estão em toda parte. Estão em toda parte onde devem estar: nos ônibus, nos trens, na rua.

– Ei! – digo para o homem de terno que aguarda o sinal de pedestres. Ele age como se pudesse ter ouvido alguma coisa, mas segue em frente quando vê o sinal correto.

As pessoas vão direto até mim e posso jurar que estão tentando me pisotear.

Então, percebo.

Elas vão direto até mim porque não podem me ver.

Agora eu é que estou invisível.

10

Durante a semana, tenho que confessar, Rube e eu tramamos umas coisinhas. De novo. Não dá para evitar.

Não ia ter roubo.

Um Soco. Fora.

Então, que diabo tinha pra nós dois fazermos?

Decidi que ia ser jogo de bola no quintal, ou futebol, ou como você quiser chamar.

Para começo de conversa, tínhamos que jogar.

Jogamos.

Sério.

Talvez eu tenha perguntado a Rube se ele queria jogar, porque ainda estava infeliz com todo o fiasco da placa de trânsito. Foi bem desmoralizante conseguir e depois encontrar um meio de fracassar novamente. Magoou mais do que Rube podia dizer. Ele só ficava sentado lá, todas as tardes, coçando o queixo áspero com uma mão melancólica e sinistra. O cabelo estava como sempre, cobrindo as orelhas e batendo nas costas.

– Vamos lá. – Tentei iniciar uma conversa com ele.

– Não.

Era sempre assim. Eu, o irmão mais novo, sempre quisera que Rube fizesse coisas, podia ser uma partida de Banco Imobiliário ou uma bola no quintal. Rube, o irmão mais velho, bem, era quem decidia. Se ele não quisesse fazer uma coisa, nós não fazíamos. Talvez por isso sempre quis tanto sair para roubar com ele, só porque ele queria mesmo que eu fosse. Desistíramos de fazer coisas com o Steve uns anos atrás.

– Vamos lá. – Continuei tentando. – Já enchi a bola, e os gols estão prontos. Vamos dar uma olhada. Estão riscados lá na cerca, dos dois lados.

– Do mesmo tamanho?

– Dois metros de largura, um e meio de altura.

– Bom, bom.

Olhou para mim e, pela primeira vez em muitos dias, deu um sorrisinho.

– Vamos? – perguntei mais uma vez, com muito mais ansiedade.

– Está bem.

Saímos, então, e foi incrível.

Absolutamente incrível.

Rube caiu no concreto e se levantou. Duas vezes. Me xingou até dizer chega quando fiz gol, e a coisa estava ficando séria. Um chute errado foi na direção da cerca, prendemos a respiração, e em seguida, soltamos o ar quando a bola bateu na beirada e voltou. Até sorrimos um pro outro.

Foi incrível, sobretudo porque Rube andava todo triste com uma forma própria de crise de identidade ao mesmo tempo que eu estava na típica agonia por causa de toda a história com Rebecca Conlon. Isso era muito melhor. Sim. Era, porque, de repente, voltamos a fazer o que fazíamos melhor, nos jogar e jogar um ao outro no quintal, ficar sujos, ter certeza de xingar e agir feito idiotas e, se possível, ofender os vizinhos. Era muito melhor assim. Era uma bela volta aos velhos tempos.

A bola bateu na cerca e fez o cachorro do vizinho latir e os papagaios na gaiola ficarem loucos. Tomei um bico na canela. Rube caiu de novo no concreto, arranhando um pouco a pele da mão ao se apoiar na queda. Durante todo esse tempo, o cachorro do vizinho latiu, e os papagaios estavam num tipo de frenesi. Eram os velhos tempos, sim, e, como sempre, Rube ganhou: 7 a 6. Eu não ligava, porque nós dois acabamos rindo e não levamos as coisas tão a sério.

O que nos aguardava na escada dos fundos, porém, foi algo muito diferente.

Era Sarah, sozinha.

O primeiro a vê-la foi Rube. Me tocou de leve no braço e apontou para ela com a cabeça.

Olhei.

Falei bem baixinho:

– Ai, não.

Então, Sarah olhou para a frente, porque deve ter me ouvido, e, para ser sincero, a aparência dela era péssima. Estava sentada lá, toda encolhida, com os joelhos quase encostando nos ombros e os braços cruzados como se quisesse manter todo o ar dentro dela. As lágrimas desciam pelo rosto.

Estranho.

Foi exatamente assim que aconteceu quando fomos até a nossa irmã e ficamos um de cada lado dela, fitando-a e sentindo as coisas, sem saber o que fazer.

Então, sentei perto dela, mas não tinha ideia do que dizer.

No fim, foi Sarah quem quebrou o silêncio. O cachorro do vizinho tinha se acalmado, e a vizinhança parecia atordoada com o que estava acontecendo no nosso quintal. Era como se pudesse perceber. Podia perceber algum tipo de tragédia e desamparo em jogo aqui, e, para ser sincero, isso me surpreendeu. Estava tão acostumado com as coisas só acontecendo, esquecendo e ignorando todo sentimento.

Ela falou:

– Ele arrumou outra pessoa.

– O Bruce? – perguntei, e Rube olhou para mim com uma expressão incrédula no rosto.

– Não – rosnou. – O rei da Suécia, porra. Quem você acha que foi?

– Tá bem, tá certo!

Então, Sarah se inclinou e falou:

– Acho melhor vocês me deixarem sozinha por algum tempo.

– Está bem.

Quando me levantei e saí com Rube, a cidade à nossa volta parecia de novo mais fria que nunca, e percebi que, mesmo que ela realmente tivesse notado que algo estava acontecendo, sem dúvida, não se importava. Seguia em frente mais uma vez. Eu podia sentir. Quase podia ouvi-la rir e saborear. De perto. Observando. Zombando. E estava fria, tão fria, ao observar minha irmã sangrar nos fundos da nossa casa.

No lado de dentro, Rube estava aborrecido.

Falou:

– Está vendo agora? Isso estraga as coisas.

– Acontece. – Quando disse isso, vi o vulto do Steve na varanda da frente. Distante de nós.

– Tá, mas por que hoje?

– Por que não?

Do sofá, olhei para uma foto antiga de Steve, Sarah, Rube e eu bem pequenos, de pé, formando uma escadinha para algum fotógrafo. Steve sorria. Sarah sorria. Todos nós sorríamos. Era estranho ver isso porque ela estava lá todo dia e só agora é que eu realmente a notava. O sorriso do Steve. Ele se importava com a gente. O sorriso da Sarah. Era bonito. Rube e eu parecíamos limpos. Nós quatro éramos pequenos, destemidos, e nossos sorrisos eram tão poderosos que isso me fazia sorrir mesmo estando no sofá, naquele momento ruim.

Aonde isso foi parar? Perguntei para mim mesmo. Eu nem conseguia me lembrar da foto sendo tirada. Era mesmo real?

Nesse momento, Sarah estava na escada dos fundos, chorando, e Rube e eu afundávamos no sofá, incapazes de ajudá-la. Steve não parecia se importar com nenhum de nós.

Aonde isso foi parar? Pensei de novo. De que forma aquela imagem pôde se transformar nisso?

Será que os anos nos venceram?

Será que nos enfraqueceram?

Como foi que passaram feito grandes nuvens brancas, desintegrando com tanta lentidão que não podíamos nos dar conta delas?

De um jeito ou de outro, tudo estava muito ruim e ia piorar.

Piorou à noite, quando Sarah saiu e não voltou durante muitas horas.

Ela saiu, dizendo as palavras: "Vou dar uma volta", e muito tempo passou enquanto estava fora. O restante de nós fingia indiferença, no começo, mas, às onze, estávamos todos preocupados. Até o Steve parecia um pouco preocupado.

– Vamos – falou papai para nós. – Vamos sair para procurar.

Ninguém questionou.

Rube e eu saímos na van com meu pai, e mamãe e Steve ficaram em casa, caso Sarah aparecesse durante a nossa ausência. Procuramos nos bares e nas casas dos amigos dela. E até na casa do Bruce. Ela não estava em lugar algum.

À meia-noite, quando voltamos para casa, ela ainda não voltara, e tudo o que podíamos fazer era esperar.

Cada um fez isso de um modo diferente.

Minha mãe ficou sentada, em silêncio, sem olhar para ninguém.

Papai não parava de fazer café e tomava tudo, como se não houvesse amanhã.

Steve botou e tirou do tornozelo a bolsa de água quente, e mantinha-o elevado, determinado.

Rube murmurou alguma coisa muito baixo, umas quinhentas vezes:

– Eu vou matar aquele filho da mãe. Eu vou matar aquele filho da mãe. Vou pegar o Bruce Patterson. Vou matar o... Eu vou. Eu vou...

Quanto a mim, cerrei um pouco os dentes e me inclinei para a frente, apoiando o queixo na mesa.

Só Rube foi para a cama.

O restante de nós ficou.

– Nenhum sinal? – perguntou mamãe ao acordar a uma da manhã.

– Não. – Meu pai balançou a cabeça, e, pouco depois, todos dormíamos sob o globo de luz branca e incômoda da cozinha.

Mais tarde, um sonho estava se aproximando.

– Cam?

– Cam?

Me sacudiram para eu acordar.

Dei um pulo.

– Sarah?

– Não. Sou eu.

Era o Rube.

– Ai, seu idiota!

– É. – Ele sorriu. – Ela ainda não chegou?

– Não. A não ser que tenha passado por nós direto e ido para a cama.

– Não. Ela não está lá.

Foi aí que percebemos outra coisa: agora Steve também se fora.

Procurei no porão.

– Nada. – Olhei para Rube. Então, nós dois fomos até a varanda e, depois, até a rua. Onde diabos Steve se metera?

– Espera. – Rube deu uma volta, olhando a rua. – Lá está ele.

Vimos nosso irmão sentado, apoiado num poste. Corremos até ele. Paramos. Rube perguntou:

– O que foi que aconteceu?

Steve olhou para nós, e nunca o vi com tanto medo assim, ou tão ferrado. Parecia tão desengonçado, e ainda assim parecia um homem; ele sempre parecia um homem. Sempre... mas nunca assim. Não um cara vulnerável.

As muletas eram dois braços mortos, jogadas ali, de madeira, perto dele.

Lentamente, delicado, nosso irmão falou:

– Eu acho. – E parou. Recomeçou. – Eu só queria encontrá-la.

Não dissemos nada, mas acredito que, quando ajudamos Steve a se levantar e voltar para casa, ele deve ter visto como era a vida do Rube, da Sarah, e a minha.

Tinha visto como era cair e não saber se ia voltar a se levantar, e isso o assustou. Assustou porque nós realmente levantamos. Nós sempre levantamos. Nós sempre.

Nós o levamos para casa.

Nós...

Dali, todos esperamos na cozinha novamente, mas só Rube e eu estávamos acordados. Em determinado momento, ele cochichou alguma coisa para mim. A mesma coisa de antes.

Continuou:

– Ei, Cam. Vamos pegar o tal Patterson. – Parecia tão seguro. – Vamos pegar ele.

Eu estava cansado demais para dizer algo além de "Vamos".

Pouco depois, Rube adormeceu, como mamãe, papai e Steve. Não levou muito tempo para meus próprios olhos ficarem pesados, e eu também dormi.

Todos nós, dormindo na cozinha.

Sonhei.

Está vindo.

Não é um sonho ruim.

Quando voltei a acordar, tinha mais uma pessoa agora, dormindo como o restante de nós, à mesa da cozinha.

Estou parado em um gol vazio. O estádio está lotado. Talvez umas 120 mil pessoas me olhem fixamente.

Elas entoam.

– Homem-lobo! Homem-lobo!

Olho ao redor do estádio, para todas as pessoas me incentivando, e eu as amo, embora sejam completamente estranhas para mim. Acho que são da América do Sul. Brasileiras ou coisa assim. Argentinas, talvez.

– Não vou decepcionar vocês – murmuro para elas, sabendo que não podiam me ouvir, mesmo se eu gritasse.

À minha frente, tem uma fila de pessoas, todas com as cores do adversário.

São as pessoas da minha história:

Papai, Rube, mamãe, Steve, Sarah, Bruce, a nova namorada sem rosto do Bruce, Greg, a auxiliar de dentista, o dentista, Dennison – o diretor –, a assistente social, os colegas de Rube e Rebecca Conlon.

Estou usando todas as coisas que um goleiro precisa usar: chuteira, meião levantado, uma camisa de malha verde com padrões de diamante na frente e luvas. É noite, e o ar noturno se parte em mil pedaços por causa dos refletores imensos em posição vertical, feito torres de vigia sobre todos nós.

Estou pronto.

Bato palmas e me agacho, pronto para mergulhar em qualquer direção e pegar a bola. O gol atrás de mim parece ter quilômetros de largura e de profundidade. A rede é uma jaula frouxa, balançando e murmurando na brisa.

Papai dá um passo à frente, ajeita a bola, grita que isso é um tipo de disputa de pênaltis de final de Copa, e que tudo depende de mim. Recua, para e corre, chutando a bola à minha direita. Mergulho, mas a bola está fora do alcance. Ele olha para mim depois que a bola estufa o canto da rede, e sorri, como se dissesse – Desculpe, garoto. Tive que fazer isso.

Mamãe dá um passo à frente. Depois, Rube. Os dois marcam, Rube dá um sorriso cruel. E diz – Você não tem jeito, Querido.

A multidão, todo esse tempo, está sempre fazendo um zumbido, como se fosse estática no meu ouvido. Quando não agarro e o adversário faz gol, eles berram e, então, suspiram, pois estão torcendo por mim. Querem que eu defenda um, pois sabem que estou lutando. Veem meus pequenos braços e a vontade em meus lábios, e não podem ouvir, mas sentem as palmas quando me preparo para cada cobrança. Ainda entoam.

Meu nome.

Meu nome.

Mesmo assim, por mais que tente, não consigo agarrar nem um chute.

Mesmo a Sarah, infeliz, passa por mim. Antes de chutar, diz – Não tente me ajudar. É inútil. Tudo está fora do seu controle.

Steve chuta, e Bruce. Os colegas de Rube. Todo mundo.

Então, Rebecca Conlon dá um passo à frente.

Caminha em direção a mim.

Devagar.

Sorrindo.

Ela diz – Se você agarrar, amarei você.

Faço que sim com a cabeça, solene, pronto.

Ela recua, se aproxima, chuta a bola.

Está muito alta, e eu a perco no meio das luzes. Encontro-a e mergulho, no alto e à direita, e, de algum modo, a bola bate no meu pulso e acerta com força meu rosto.

Caio com ela.

Ela quica, quando bato no chão, e rola, devagarinho, sobre a linha e para o fundo da rede.

Ah, eu mergulho, mas não adianta. Falho, e rapidamente estou só, não no estádio, mas no quintal ensolarado, sentado contra a cerca e com o nariz sangrando.

11

Nosso plano era ir atrás dele rápido. Não adiantava esperar uma semana ou duas. Se esperássemos, a vontade de tirar a limpo aquela história com o cara ia passar. Sem chance de isso acontecer.

Descobrimos que o tal Bruce Patterson estava saindo com outra garota havia cerca de um mês e enganava minha irmã, aparecendo por aqui. Era um tapa na cara de todos nós, que o deixávamos entrar em casa, enquanto ele andava por aí com alguma vagabunda.

– Será que devemos acabar com ele? – perguntei a Rube, mas ele só olhou para mim, com ar de riso.

– Tá falando sério? Olhe o seu tamanho. Você é tipo um chihuahua e o Patterson é uma porra de um armário. Você tem ideia do que aquele cara faria a você?

– Bem, pensei que talvez nós dois.

– Também não sou grande coisa. – Foi a resposta curta de Rube ao meu comentário. – Claro, tenho uma porra de uma barba no rosto, mas Bruce pode matar nós dois.

– É. Você tem razão.

O que aconteceu em seguida foi inesperado.

Ouvimos uma batida à porta que era mais como se a estivessem arranhando, e, quando a abri, meu ex-melhor amigo Greg estava parado lá.

– Posso entrar? – perguntou.

– O que é que você acha?

Abri a porta de tela, e ele entrou em casa, pouco depois de lançar um olhar ao Steve, que, como sempre, estava sentado de cara amarrada na varanda.

– Ei, lobisomem! – Greg cumprimentou Rube dentro de casa, e Rube respondeu ameaçando jogá-lo para fora.

– Desculpe – falou, e eu o levei para o quarto.

Ele sentou debaixo da janela, apoiado na parede. Em silêncio.

– Bem – falei, sentando na cama –, se não se importa, o que diabos traz você aqui?

– Preciso de ajuda. – Foi a resposta rápida e sincera. Passou a mão pelo cabelo e pude ver a caspa caindo. Greg sempre teve um pouco de caspa. Ele se divertia quando deixava cair na carteira da escola.

– Ajuda com o quê? – continuei perguntando.

– Dinheiro.

– Quanto?

– Trezentos.

– *Trezentos!* Caramba, mas que diabos você andou fazendo ultimamente?

– Ah, nem pergunte. Só... – Contorceu um pouco o rosto. – Você tem?

– Cara... trezentos... sei lá.

Fui até o meu pedaço do tapete e tirei o que estava escondido debaixo dele. Oitenta contos.

– Bem, tenho oitenta aqui. – Peguei o caderno onde anotava minhas economias e vi que tinha cento e trinta lá. – Então, tenho duzentos e dez ao todo. É só o que posso fazer.

– Ah, droga, cara.

Sentei ao lado dele no chão, apoiado na cama, e disse:

– Só me diga para o que é, tá bem?

Ele hesitou.

– Se não disser, não dou o dinheiro. – Era mentira, e nós dois sabíamos disso. Nós dois sabíamos que eu ia dar o dinheiro a Greg e nem ia pedir de volta. Era assim que funcionava. Mas ele me devia, pelo menos, isso. Tinha que me dizer onde meu dinheiro ia parar.

– Ah. – Desistiu. – É pra um dos meus colegas, Dale. Conhece?

Dale Perry.

Sim, eu o conhecia bem. Era o tipo de cara que eu odiava porque andava por aí se achando o fodão aonde quer que fosse, e eu odiava esse cara. Na aula de relações comerciais, no ano passado (uma matéria que eu nunca deveria ter escolhido), ele levou a régua de metal, aqueceu-a no aquecedor e então a encostou na minha orelha, me deixando com uma queimadura horrorosa. Esse era Dale Perry. Também estava naquele grupo grande que batia papo com as garotas bonitas no futebol, no outro dia.

– Sim, conheço o cara – falei com calma.

– Então, bem, alguns dos colegas mais velhos dele precisavam de alguém pra pegar heroína pra eles. Valia trezentos contos.

– Heroína?

Claro que eu sabia o que era heroína, mas pensei em tornar a coisa toda um pouco mais difícil pro Greg. Afinal, estava dando pro cara cada centavo que eu tinha. Agora não ia ter dinheiro para comprar um aparelho de som ou coisa assim. Não ia ter mais o dinheiro que ganhei trabalhando duro com meu pai, nas últimas semanas. Tudo aquilo ia pela descarga porque um ex-melhor amigo me procurou, sabendo que eu era o único cara que não ia deixá-lo na mão. Nenhum dos novos amigos ia ajudar, mas o antigo ia.

É esquisito.

Você não acha?

Não que as antigas amizades sejam melhores. É só que você conhece melhor a pessoa e sabe que ela não se importa se você estiver agindo feito um perfeito idiota puxa-saco. Sabe que você faria o mesmo por ela. Eu sabia que Greg faria o mesmo por mim, se fosse o contrário.

Então, sim.

– Heroína? – perguntei. – Do que você está falando?

– Você sabe – respondeu ele.

Deixei ele escapar com essa.

– É. Eu sei.

– De leve – continuou ele –, mas um bocado dela. Eram uns dez caras e todos deram a grana, mas eram preguiçosos demais pra ir lá e pegar o negócio. – Ele escorregou um pouco mais na parede. – Peguei o troço sem problemas, mas as coisas pioraram porque tive que esconder durante a noite.

– Aah. – Joguei a cabeça para trás e comecei a rir. Tinha certeza de que sabia agora exatamente o que havia acontecido.

– É, isso mesmo. – Assentiu Greg. – A coroa achou tudo debaixo da cama e o coroa jogou no fogo. Estavam assinando minha sentença de morte... não consigo acreditar que o coroa jogou tudo no fogo, caramba.

Agora eu quase chorava de tanto rir, porque podia ver o coroa do Greg: um grosseirão magro e baixinho, com cabelos cacheados, xingando feito louco e jogando tudo no fogo. Para falar a verdade, Greg também riu, ainda que ficasse repetindo:

– Não tem graça, Cam. Não tem graça.

Tinha. E foi por isso que ele conseguiu o dinheiro.

O que o salvou foi que contei a história pro Rube, e ele desencavou os outros noventa contos de que Greg precisava, embora ameaçasse acabar com ele, se não devolvesse rápido. No fim, a solução foi eu pagar pro Rube o dinheiro que ganharia com papai no mês seguinte, e todo mundo ficaria satisfeito. Depois, Greg ia devolver tudo para mim.

Quanto a Greg, dava para ver que o rosto dele estava menos tenso. Já não parecia tão exausto quando o dinheiro foi parar em sua mão.

No quarto ao lado, Sarah estava deitada na cama, na pior.

Passamos por ela ao voltar para o quintal, onde Rube, Greg e eu chutamos para o gol contra a cerca. Nós nos revezávamos no gol. Foi minha ideia (sobretudo, por causa do sonho da noite anterior), e, na verdade, eu só torcia para não acabar com o nariz sangrando. Mas Rebecca Conlon não estava no quintal, estava? Eu achava que estava bastante seguro.

Claro, o cachorro do vizinho começou a latir e os papagaios enlouqueceram.

Para completar, Rube ligou para os colegas.

E a conversa foi:

– Alô?

– Alô, Simon? É o Rube.

– Ruben. E aí?

– Tudo bem. Quer vir pra cá?

– Por que não? Parece boa ideia.

– Chama o Cheese e o Jeff.

– Tá certo.

– Tchau.

– Tchau.

Quando chegaram, jogamos pra valer.

Sem parar, chutamos a bola contra a cerca, aproveitando todo o tempo antes de mamãe e papai voltarem para casa. Você devia ter visto. Bam. Bam. A bola acertava em cheio dos dois lados, e o som ecoava por toda parte, seguido de gritos e palavrões.

Meu time era Jeff, Greg e eu, e, na verdade, estávamos ganhando, embora fôssemos menores e mais fracos que o time do Rube. Era a nossa fome de bola.

Estava quatro a dois, quando o cachorro do vizinho parou de latir.

– Para! Para! – gritei, quando percebi. – Vocês ouviram isso?

– Isso o quê?

– O cachorro.

– É. Ele parou de latir.

Subi na cerca e olhei para o outro lado. Você não vai acreditar no que vi.

O cachorro estava morto.

– Caramba! Acho que ele morreu – falei, virando o rosto para olhar os outros.

– O quê?!

– Estou falando sério. Venham dar uma olhada.

Rube subiu na cerca, perto de mim, e teve que concordar.

– Caramba, acho que ele está certo. – Riu para os outros. – Acho que fizemos o pobrezinho ter um ataque cardíaco.

– Tem certeza?

– Ou um derrame.

– Ah, não – lamentei. – O que foi que fizemos?

– Que tipo de cachorro é esse?

Rube já tinha aguentado o suficiente.

– E eu que vou saber?! – gritou para Cheese. – Acho que é um... um...

– Lulu-da-pomerânia – respondi por ele.

– O que diabos é um lulu-da-pomerânia?

– Você sabe – explicou Cheese para os outros –, é uma dessas coisinhas fofas com cara de rato... acho que ele latiu até não aguentar mais.

Até os papagaios na gaiola lançaram um olhar de tristeza ao cachorro.

– A gente tem que fazer alguma coisa – falei pro Rube.

– O quê? Boca a boca nele?

– Olhe, ele está tremendo.

– Ah, que lindo, hein?

Pulei a cerca, tirei a camisa de flanela e enrolei o cachorro. Rube também pulou e os outros caras olhavam por cima da cerca enquanto dávamos tapinhas no cachorro fofinho com cara de rato, imaginando se ele realmente ia morrer.

Depois de uns quinze minutos, o vizinho voltou para casa. Era um cara de uns 50 anos com um bafo pior do que o de todos nós juntos. Para falar a verdade, ele até que se controlou, pois correu, nos xingou um pouco, pegou o lulu-da-pomerânia (que, por sinal, se chamava Miffy) e o levou para o veterinário.

– Você acha que ele vai sobreviver? – Foi o que nos perguntamos ao voltar para casa.

– Cara, não sei.

Aos poucos, todos foram embora. Greg foi o último.

– Caramba. – Balançou a cabeça na saída. – Tinha me esquecido de como eram as coisas por aqui.

– Os velhos tempos, hein?

– É. – Fez que sim com a cabeça. – O caos.

– Com certeza.

Tinha sido realmente como nos velhos tempos, mas eu sabia que não adiantava achar que ia continuar assim. Nós dois sabíamos que, da próxima vez que ele viesse, seria para devolver uma parte ou todo o dinheiro. Era assim que as coisas funcionavam.

À noite, algo que eu sabia que viria veio.

Veio para dizer à mamãe e ao papai que eles não podiam controlar a mim e ao Rube, e como o Rube era o único que tinha dinheiro sobrando, foi ele quem pagou a conta do veterinário do cara.

Por sinal, Miffy, o lulu-da-pomerânia, estava passando bem. Só teve um ataque cardíaco fraquinho. Pobre cachorrinho com cara de rato.

Mas isso foi a gota-d'água para a nossa mãe.

Ela nos fez sentar à mesa da cozinha – e deu voltas ao nosso redor, gritando e dizendo coisas nas quais você não ia acreditar. Até esfregou a colher de pau debaixo do nosso nariz, apesar de não bater na gente desde que eu tinha dez anos. Para ser sincero, parecia que ia esfregar aquela coisa na nossa cabeça.

– Por que vocês insistem em fazer isso?! – gritou para nós. – Deixando um ao outro de olho roxo, fazendo a droga do cachorro do vizinho enfartar. É uma desgraça... Tenho vergonha de vocês. *De novo!*

E papai só ficou sentado num canto, em silêncio total. Ele não ousava falar nada com medo de apanhar também.

No fim, ela ficou maluca de verdade, pegou o lixo orgânico da pia da cozinha e, em vez de levar lá para fora e jogar na lixeira correta, jogou tudo no chão, catou e jogou de novo, dessa vez, nos meus pés.

– Vocês são uns animais! – gritou ainda mais alto que antes. Então, falou o que sempre parecia magoar mais: – *Cresçam!*

Não preciso nem dizer que o Rube e eu limpamos a bagunça, levamos para fora e ficamos por lá. Não ousávamos entrar.

Da janela do quarto, Sarah olhou para nós e sorriu, balançando a cabeça em meio ao sofrimento. Deu uma risada, o que nos fez rir um pouco também. E fez Rube voltar à sua decisão, dizendo:

– Ainda vamos pegar o Patterson. Não tenha dúvida disso.

– Temos que pegar – concordei.

Depois de um tempo, pensei sobre o que acontecera durante o dia, porque agora eu devia ao Rube metade da conta do veterinário também. As coisas estavam indo de mal a pior, falando sério.

– Maldito lulu-da-pomerânia – falei.

– Hum. – Rube bufou. – Um lulu-da-pomerânia com coração fraco. Isso só podia acontecer com a gente, hein?

Tem um cara na minha frente, numa estrada poeirenta, ao nascer do sol.

Ele olha para mim.

Eu olho para ele.

Estamos de pé, separados por uns dez metros, talvez, até que, enfim, resolvo quebrar o silêncio.

Digo:

– E aí?

– E aí, o quê? – É a resposta dele. Ele veste uma túnica, coça a barba e tenta tirar uma pedra de uma das sandálias.

– Bem, não sei. – Penso para responder. – E quem diabos é você, pra começo de conversa?

Ele sorri.

Dá uma gargalhada.

De pé.

Depois de se ajeitar, repete a pergunta e responde:

– Quem diabos sou eu? – Um risinho curto. – Sou Cristo.

– Cristo? Você existe mesmo?

– Claro que existo, porra.

Decido testá-Lo.

– Então, quem sou eu?

– Não me interessa quem você é. – Ele caminha pela estrada até mim, ainda tentando tirar a pedrinha da sandália. – Droga

de sandália. – Arrasta o pé; então, continua. – Na verdade, me interessa o que *você é.*

– E o que eu sou?

– Infeliz.

– É. – Encolho os ombros, concordando com ele.

– Eu posso ajudar.

Continua falando, e fico esperando Ele citar o versículo tradicional que todos os professores de religião citam na peregrinação anual à nossa escola. Não é o que Ele faz.

Em vez disso, estende uma garrafa com líquido vermelho e move a mão dizendo "Beba tudo" para que eu beba.

– O que é isso? – pergunto.

Vinho.

– Sério?

– Não. Na verdade, é groselha. Você é muito novo para beber.

– Aah, seu estraga-prazeres.

– Ei, não ponha a culpa em mim. Não tenho nada a ver com isso, falando sério. Foi o coroa quem não me deixou lhe dar bebida de verdade. Ponha a culpa Nele.

– Está bem, está bem... E, por falar nisso, qual é o problema Dele?

– Ah, anda sob muita pressão ultimamente.

– Por causa do Oriente Médio?

– É, voltaram a brigar. – Ele chega mais perto e cochicha. – E, cá entre nós, faltou pouco pra Ele acabar com tudo na semana passada.

– Com o quê? O mundo?

– É.

– Cristo Todo-Poderoso!

A expressão no rosto de Cristo é de decepção, ao ouvir as minhas palavras.

– Ah, claro. Foi mal – digo. – Não é legal falar assim, não é?

– Sem problema.

– Preste atenção. – Jesus decide que é hora de falar sério. – Vim, na verdade, para lhe dar isto.

Tira alguma coisa do bolso da túnica e eu pergunto:

– O que é?

– Ora, é só uma pomada. – Ele a entrega para mim. – Para o sangramento no nariz.

– Ah, legal. Obrigado.

12

Se você está se perguntando se fomos atrás do nosso amigo Bruce Patterson, bem, não fomos. Planejamos tudo, mas simplesmente não levamos adiante. Havia coisas mais importantes para resolver em casa, como a frieza com que mamãe e papai tratavam Rube e eu. Sem dúvida, estavam muito infelizes com o tipo de vida que levávamos e com o talento que tínhamos para envergonhá-los. Você também pode achar que essa frieza pode ter diminuído nosso entusiasmo para nos vingarmos, de alguma forma, do Bruce por causa da Sarah, mas não foi isso. Não, de verdade. Steve também nos disse pra deixar pra lá. Ele tinha voltado à rotina de "Eu sou melhor que vocês" e nos chamou de idiotas. Tudo isso me intimidou um pouco, mas não ao Rube. Ele estava animado como sempre e realmente acreditava que não éramos responsáveis pelo ataque cardíaco do cachorro do vizinho. Me explicou que não tínhamos culpa se o cachorro idiota era frágil feito papel.

– Droga, não é proibido jogar futebol no próprio quintal, é? – perguntou ele.

– Acho que não.

– Você sabe que não.

– Imagino que sim.

Pensamos naquilo por uns dias, e Rube finalmente entrou em nosso quarto e me contou o plano e seu significado. Falou:

– Cam, esse vai ser meu último trabalho. – Dava até pra pensar que o cara era o Al Capone ou coisa que o valha. – Sabe, depois desse último esforço, vou parar com essa brincadeira de assaltos, roubos e vandalismo.

– Mas como é que você vai se aposentar se nem chegou a fazer carreira?

– Ah, cala a boca. Confesso que tive meus altos e baixos, mas isso tem que parar por aqui. Não acredito no que estou dizendo, mas eu tenho que crescer.

Pensei um pouco, sem querer acreditar, e então perguntei:

– E o que vamos fazer?

– Fácil. – Foi a resposta dele. – Ovos.

– Ah, fala sério. – Reclamei. – Podemos fazer coisa muito melhor que uns ovos nojentos.

– Não podemos, não. – Pela primeira vez na vida, eu ouvia o Rube falar sobre o assunto com um tom de realidade na voz. – A verdade, cara, é que somos casos perdidos.

Só pude assentir ao ouvir isso. Então, falei:

– Tá bem. – E ficou decidido que, na sexta à noite, iríamos até a casa de Bruce Patterson para jogar ovos no belo carro vermelho dele. Talvez, na porta da frente e nas janelas da casa também. Fiquei feliz de verdade por ser a última vez, porque já estava ficando enjoado disso.

Outro fato inevitável fez a história toda mais difícil do que devia ser. Era o fato de que eu ainda não conseguia parar de pensar em Rebecca Conlon. Simplesmente não conseguia, por mais que tentasse. Pensei nela e fiquei imaginando se ela estaria lá essa semana, ou se teria saído de novo, seguindo a vida sem mim. De vez em quando, isso me magoava; outras vezes, me convencia de que tudo isso era muito arriscado. *Basta olhar para o Bruce e a Sarah*, falei para mim mesmo. *Aposto como o cara estava tão obcecado com a Sarah quanto eu, com essa outra garota, e aposto que ele prometeu a si mesmo nunca magoá-la, assim como andei fazendo. E olha o que ele fez com a Sarah. Ele a deixou completamente perdida, deitada na cama o tempo todo.*

Quando chegou a sexta à noite, acho que Rube e eu estávamos muito cansados para continuar com aquela história toda. Estávamos cansados de nós mesmos e, com duas caixas de ovos guardadas no nosso quarto, resolvemos não ir.

– Ah, bem, é isso então – falou Rube. – Se você tem que pensar tanto tempo sobre isso, não vale a pena.

– E o que vamos fazer com os ovos?

– Comer, acho.

– O quê? Doze, cada?

– É o que parece.

Por um tempo, deixamos os ovos debaixo da cama do Rube, mas ainda fui sozinho até a casa do Bruce.

Fui lá depois do jantar e passei pelo carro dele, imaginando que tinha jogado os ovos nele. A ideia era, no mínimo, ridícula.

Acabei rindo enquanto batia na porta, embora o sorriso tenha sumido do meu rosto quando uma garota, que imaginei ser a substituta da Sarah, atendeu. Ela abriu a porta e ficou olhando para mim através da porta de tela.

– O Bruce está por aí? – perguntei.

Ela fez que sim com a cabeça.

– Quer entrar?

– Não, estou bem aqui. – Esperei do lado de fora, na varanda.

Quando Bruce me viu, pareceu bastante confuso. Não éramos amigos nem nada. E também não tínhamos uma piscina para ele me empurrar nela, nem jogávamos bola juntos por aí. Não. A gente nem se falava direito, e eu podia ver que ele tinha medo que eu fosse aprontar alguma. Eu não ia.

Tudo que fiz foi esperar ele sair de casa para podermos conversar. Só uma pergunta. Era tudo que eu tinha, quando nos inclinamos na grade, fitando a rua.

Fiz a pergunta.

– Quando você viu minha irmã pela primeira vez... você prometeu pra si mesmo que nunca iria magoá-la?

O silêncio durou um tempo; então, ele respondeu.

Falou:

– Prometi, sim.

Depois de uns instantes, saí.

Ele gritou:

– Ei, Cameron.

Virei.

– Como ela está?

Sorri, de cabeça em pé, decidido.

– Bem. Ela está bem.

Ele assentiu, e falei:

– Nos vemos depois.

– Claro. Nos vemos depois, cara.

Em casa, a noite não tinha acabado. O que aconteceu não foi um ato de vandalismo, mas de simbolismo.

Por volta das oito e meia, Rube entrou no quarto e estava diferente. O que era?

A barba se fora.

Quando ele apresentou ao restante da família o rosto pós-selvagem, ouviram-se palmas e suspiros de alívio. Sem rosto selvagem. Sem mais comportamento selvagem.

Continuei ouvindo Bruce Patterson me dizer que prometera nunca magoar a minha irmã. Isso me perseguiu, mesmo quando eu assistia a um filme extremamente violento na tevê. Continuei ouvindo a voz dele e fiquei imaginando se ia magoar Rebecca Conlon, se, primeiro, ela me deixasse chegar perto dela. Me perseguiu a noite toda.

Eu e ela estamos na selva. Não vejo seu rosto, mas sei que estou com Rebecca Conlon. Eu a puxo pela mão, e estamos correndo muito rápido, nos abaixando ao passar por árvores contorcidas, com dedos que eram galhos e que se espalhavam feito um teto rachado sob o céu cinza.

– Mais rápido – digo para ela.

– Por quê? – É a pergunta que faz.

– Porque ele está vindo.

– Quem está vindo?

Não respondo porque não sei. A única coisa de que tenho certeza é que posso ouvir os passos atrás de nós na floresta. Posso ouvir alguém que se curva para a frente enquanto corre, vindo atrás de nós.

– Vamos – falo mais uma vez para ela.

Chegamos a um rio e mergulhamos, avançando apressados, na água gelada.

Continuamos. Sem palavras. Nenhum "por aqui".

Ela sorri, aliviada.

Não vejo.

Eu sei.

Sentamos bem no fundo de uma caverna, e ouvimos a água pensativa do rio, no lado de fora, descendo, descendo. Lenta. Real. Consciente.

Ela cai.

No sono.

– Está tudo bem – digo, e eu a sinto nos meus braços. Meus próprios olhos também tentam dormir, mas não conseguem. Ficam bem abertos enquanto o tempo gira e o silêncio desce, feito pensamento medido. Nem consigo mais ouvir o rio.

Quando.

O vulto aparece na caverna.

Entra e para.

Ele vê.

Nós.

Tem uma arma.

Observa.

Sorri.

Embora não possa ver seu rosto, sei que sorri.

– O que você quer? – pergunto, com medo, mas baixinho para não acordar a garota nos meus braços.

O vulto não diz nada. Continua andando. Lento. Hesitante. Não.

Um som, como se algo se partisse. Da arma que o vulto segura, sobe a fumaça. Sobe até o rosto dele e o envolve. Ele me diz que uma coisa horrível aconteceu, e Rebecca Conlon se mexe um pouco no meu colo.

Acende um fósforo.

Luz.

Olho para ela.

Sei!

Isso.

Ela está ferida, sem dúvida, porque vejo sangue pingando do coração dela. Lento. Real.

Olho para a frente. O vulto segura o fósforo aceso, e vejo o rosto dele. Os olhos, os lábios e a expressão são meus.

– Mas você prometeu – digo, e grito, tentando acordar Preciso acordar e saber que nunca a magoaria.

13

Como de costume, papai e eu fomos para o trabalho no sábado, na casa dos Conlon.

Em vez de manter você em suspense (se é que você ainda liga para isso), eu podia muito bem dizer que, dessa vez, ela estava lá, linda como sempre.

Eu ainda estava trabalhando debaixo da casa, quando ela veio.

– Ei, senti sua falta na semana passada – falei quando ela apareceu, e na mesma hora dei um tapa na cabeça, a frase era muito ambígua. Quero dizer, será que significava *senti sua falta*, como em "eu não vi você" (que era a mensagem pretendida) ou significava *você partiu meu coração por não estar aqui, vaca idiota*? Não tinha certeza de qual mensagem estava transmitindo. No fim das contas, só podia torcer para que ela pensasse que eu estava dizendo apenas que não nos vimos. Você não pode parecer muito desesperado em uma situação assim, mesmo que seu coração esteja acabando com você por dentro.

Ela falou:

– Bem... – Meu Deus, ela disse isso com aquela voz que a tornava real. – Eu não fiquei aqui de propósito.

Que diabos queria dizer isso?

– Como é que é? – Arrisquei perguntar.

– Você ouviu. – Deu um sorriso. – Eu não fiquei aqui...

– Por minha causa?

Fez que sim com a cabeça.

Isso era ruim ou bom?

Parecia ruim. Muito ruim.

Mas, então, também parecia bom, de um jeito doentio e distorcido. Será que ela estava gozando com a minha cara?

Não.

– Não queria ficar aqui porque tive... – Ela engoliu em seco. – ... medo de fazer papel de boba, como da última vez.

– Da última vez? – perguntei confuso. – Não fui eu quem falou uma besteira? Fui eu, sim, quem disse "Gosto de trabalhar aqui". – Lembrei e me encolhi.

Estávamos agachados, debaixo da casa, e as vigas de madeira, suspensas acima de nós, nos avisando de que perder a concentração nos deixaria com um belo machucado na cabeça. Fiz um esforço para não ficar ereto.

– Pelo menos, você disse *alguma coisa.* – Ela insistiu no argumento.

De repente, uma coisa saiu de mim.

Falei:

– Não magoaria você. Bem, pelo menos, eu ia me esforçar pra caramba pra não magoar. Prometo.

– Como é que é? – Ela deu um passo para trás. – O que você quer dizer?

– Quero dizer, se... O fim de semana foi bom na semana passada? – Jogar fora. Jogar conversa fora.

– Foi. – Ela assentiu e ficou onde estava. – Fiquei na casa de uma amiga. – Então, voltou para mais perto. – Depois fomos até a casa de um cara, Dale.

Dale.

Por que o nome era tão familiar?

Ah, não.

Ah, ótimo.

– Dale Perry?

Dale Perry.

O colega de Greg.

Típico.

Um tremendo herói.

Podia ver que ela realmente gostava do cara.

Mais do que de mim.

Ele era um vencedor.

As pessoas gostavam dele.

Greg gostava.

Embora pudesse confiar em mim.

– É. Dale Perry – respondeu ela (confirmando meus piores temores), balançando a cabeça e sorrindo. – Você conhece ele, não é?

– É. Conheço. – Percebi, então, que Rebecca Conlon provavelmente era uma das garotas no grupo do Lumsden Oval, naquele dia que parecia ter acontecido décadas atrás. Havia umas garotas parecidas com ela. O mesmo cabelo real. As mesmas pernas reais. O mesmo... Tudo fazia sentido. Ela era próxima, bonita e real.

Dale Perry.

Por pouco eu não disse que ele quase tinha queimado minha orelha havia pouco mais de um ano, mas me calei. Não queria que ela pensasse que eu era um desses caras totalmente ciumentos, que odiavam todo mundo que era melhor que eles, o que, na verdade, era exatamente o tipo de cara que eu era.

– Minha melhor amiga diz que ele gosta de mim, mas eu não sei...

Ela continuou falando, mas eu não conseguia ouvir. Simplesmente, não podia. Por que diabos ela estava me contando aquilo? Era porque eu era apenas o filho do encanador e ia pra uma escola estadual caindo aos pedaços, enquanto ela, provavelmente, frequentava um colégio São qualquer coisa ou algo do tipo? Ou porque eu era um tipo de cara inofensivo e incapaz de morder?

Bem, faltou pouco.

Quase a interrompi para dizer: "Ora, vá embora daqui com o seu Dale Perry", mas não fiz isso. Eu a amava demais e não ia magoá-la, por mais que estivesse magoado.

Em vez disso, perguntei se conhecia Greg.

– Greg Fiennes ou coisa parecida?

– Fienni.

– Conheço, sim. Como é que você o conhece?

E, por alguma razão, um monte de lágrimas começou a se acumular nos meus olhos.

– Ah – falei. – Já fomos amigos. – E me virei para continuar trabalhando e esconder meus olhos.

– Bons amigos?

Droga de garota!

– Meu melhor amigo – admiti.

– Ah. – Ela fitava minhas costas. Eu podia sentir.

Fiquei imaginando se ela estava entendendo o que se passava aqui. Talvez. Provavelmente. Sim, era provável, pois ela foi embora com um "Então, tá. Tchauziiinho" muito simpático. Será que já tinha ouvido isso antes? Claro que tinha, e senti uma pontada de realidade na garganta.

Toda aquela discussão não me ocupou durante o dia como a decepção da semana passada. Não. Dessa vez, me arrastei para fora daquilo.

Senti uma coisa horrível dentro de mim.

Me arrastando.

Papai me viu e me deu uma bronca por ser tão lento, mas eu não conseguiria seguir adiante. Você nem ia acreditar o quanto eu tentei, mas minhas costas estavam quebradas. Meu espírito estava esmagado.

Tive a chance de acabar com ela.

Eu podia ter magoado ela.

Não magoei.

Não era consolo.

Durante o trabalho, muitas vezes precisei me acalmar, e era uma luta enorme. Era como se cada passo quisesse me prejudicar. As bolhas nas minhas mãos começaram a abrir, e o sentimento continuava a brotar dos meus olhos. Comecei a farejar o ar para encher meus pulmões, e, quando o dia acabou, fiz um esforço para sair da parte de baixo da casa e fiquei parado ali, esperando. Realmente queria me jogar no chão, mas me mantive de pé.

Me sentia ansioso, sujo, doente, só por ser eu. Qual era o problema comigo?

Me sentia como o cachorro que tem raiva no livro que estava lendo para a escola, *O sol é para todos*. O cachorro manca e baba pela estrada, e o pai, Atticus, ele surpreende o filho ao atirar no animal.

Estou caminhando sobre uma cerca que parece se estender por uma eternidade. No entanto, por alguma razão, sei que ela vai parar em algum ponto. Sei que vai durar o tempo da minha vida.

– Continue andando – digo para mim mesmo.

Meus braços estão esticados para manter o equilíbrio.

De cada lado, tem ar e chão, tentando me forçar a pular para eles.

Pra que lado eu pulo?

É de manhã, muito, muito cedo. É aquela hora em que ainda está escuro, mas você sabe que vai amanhecer. O azul escorre pelo preto. As estrelas estão morrendo.

A cerca.

À vezes, é de pedra, às vezes, é de madeira, e, às vezes, é de arame farpado.

Caminho nela e, ainda assim, sou tentado pelos lados que a acompanham.

– Pula. – Ouço cada lado cochichar. – Pula aqui.

Distância.

Lá fora, em algum lugar, ouço cães latindo, embora as vozes deles pareçam humanas. Latem, e, quando olho à minha volta, não posso vê-los. Posso apenas ouvir o latido que forma o público da minha jornada ao longo da cerca.

Violeta no céu.

Pernas pinicando.
Arrepios no lado direito.
Pensamentos em choque.
Passos.
Sozinho.
Dou um após o outro.
Agora, arame farpado.
Onde pulo?
A quem ouvir?
Sol amarelo, céu avermelhado.
Primeira parte do sol. Franzindo a testa.
Última parte do sol. Um sorriso.
Dia escuro.
Ideias cobrem o céu.
Ideias são o céu.
Pés na cerca.
Um lado da cerca é vitória...
O... outro lado, derrota.
Caminho.
Sigo, caminhando.
Decidindo.
O suor domina.
Desce sobre mim, controlado, e escorre no meu rosto.
Vitória, de um lado.
Derrota, do outro.

As nuvens são incertas.

Palpitam no céu como rufos de tambor, como pulsação.

Tomo a decisão...

Pulo.

Alto. Alto.

O vento me pega, e, lá no alto, sei que me fará descer do lado da cerca que ele quiser.

Não importa onde desça: logo depois, sei que terei que voltar a escalar e continuar andando, mas, por enquanto, ainda estou no ar.

14

Onde fui parar?

O que fiz?

Como as coisas acabaram?

Bem, este é basicamente o fim, então, as respostas devem estar nas próximas páginas. Duvido que surpreendam você, mas nunca se sabe. Não sei se você é inteligente ou burro. E, até onde sei, você podia ser Albert Einstein ou um vencedor de prêmios literários, ou talvez só alguém medíocre como eu.

Então, poderíamos também passar logo para a perseguição. Vou contar para você agora como foi que as coisas acabaram no inverno da minha vida. O fim começa assim:

Deprimido.

Passei assim o domingo todo, depois, a segunda-feira, na escola. Alguma coisa se revoltava dentro de mim, começando no estômago e subindo até esticar os braços para arrancar minha pele por dentro. Ardia.

Na quarta-feira, na escola, conversei um pouco com Greg, sobretudo, porque ele tinha uma expressão abatida.

– O que aconteceu? – perguntei, quando passei por ele num dos corredores.

– Ah, deixa pra lá – respondeu. – Nada.

Mas nós dois sabíamos que, na verdade, era bastante óbvio que os caras para quem ele tinha comprado a heroína não ficaram muito impressionados com o esforço dele, nem mesmo depois de aparecer com o dinheiro.

– Eles pegaram você, não é? – perguntei. Dei um sorriso cheio de pesar quando falei isso, e Greg sorriu também.

– É, me pegaram. – Fez que sim com a cabeça. O sorriso dele era irônico, de quem sabe das coisas. – Decidiram me bater pelo inconveniente que causei... O cara da heroína não tinha mais nada, e eles tiveram que procurar outro cara. Não se comoveram.

– Parece justo. – Foi a minha conclusão.

– É. Acho que sim.

Nos separamos uns minutos depois, e eu me virei, olhei para o Greg e tentei rezar por ele, como todas aquelas orações que eu fazia antes nessa história. Mas não consegui. Simplesmente não consegui. Não me pergunte por quê. Torcia para ele ficar bem, mas não conseguia reunir forças para rezar para isso.

E para que serviam as orações?

Elas não tinham ajudado nem um pouco no meu caso. Mas lembra? Eu nunca saí por aí rezando por mim, não é? Talvez fosse isso por trás de tudo. Eu. Talvez a única razão para eu rezar pelos outros, para começo de conversa, era para ter boa sorte. Era verdade? Era? Não. De jeito nenhum. Não era.

Talvez as orações funcionassem mesmo.

É bem provável, se você parar pra pensar, porque, quando voltei para casa, Sarah tinha começado a falar no telefone para substituir as sessões de amasso intenso no sofá. Steve aos poucos voltava a andar, Rube havia tomado algum jeito, mamãe e papai pareciam felizes e, sem dúvida, Rebecca Conlon estava feliz, fantasiando com Dale Perry...

Parecia que tudo estava dando certo para todo mundo.

Menos para mim.

Com frequência, eu me pegava entoando a palavra *infelicidade*, feito a criatura lamentável que era.

Resmungava para mim mesmo.

Choramingava.

Me queixava.

Me coçava por dentro.

Aí eu ria.

De mim.

Aconteceu quando eu estava do lado de fora de casa, à noite, depois do jantar.

As salsichas e os cogumelos, mas, principalmente, a angústia que eu carregava, estavam se ajeitando no meu estômago, quando uma gargalhada muito esquisita irrompeu de dentro de mim. Quando ergui os pés do chão, sorri e, então, coloquei minha mão num poste para descansar.

De pé ali, deixei a gargalhada sair, e os passantes devem ter pensado que eu era louco, drogado ou algo assim. Olhavam para mim como se dissessem: "Do que você está rindo?" Mas andavam rápido, para as próprias vidas, enquanto eu ficava ali, dando uma pausa na minha.

Foi aí que decidi que precisava decidir uma coisa.

Precisava decidir o que ia fazer e o que ia ser.

Estava de pé ali, esperando que alguém fizesse alguma coisa, até perceber que a pessoa que eu estava esperando era eu mesmo.

Tudo dentro de mim estava dormente, vagamente vivo, quase como se não ousasse se mover, esperando a minha decisão.

Respirei e disse:

– Muito bem.

Foi tudo de que precisei.

Duas palavras e, ao correr para casa, sabia que o que eu ia fazer era voltar, me limpar um pouco e correr os cinco quilômetros até a casa de Rebecca Conlon para perguntar se ela queria fazer alguma coisa no fim de semana. Quem ligava para o que os outros pensavam? Eu não ligava para o que mamãe ou papai iam dizer, o que Rube ou Steve iam dizer, o que Sarah ia dizer, ou o que *você* ia dizer. Simplesmente sabia que era isso que eu precisava fazer.

– Agora mesmo – enfatizei enquanto corria, jogando os ombros para a frente e seguindo como se estivesse atrás de um coelho de mentira. Fiquei enjoado enquanto corria, como se a comida estivesse se transformando em ácido. Mesmo assim, corri mais forte, pulei para o portão da frente e para dentro de casa, e vi.

Sarah ao telefone.

Telefone.

Isso, telefone, pensei. *Claro.* Correr até lá e falar com ela cara a cara parecia muito assustador agora, então o novo plano era ir até um telefone público em algum lugar. Peguei uns trocados da gaveta, anotei numa das mãos o número dos Conlon, que estava na caderneta do meu pai e corri para o telefone público mais próximo.

– Ei! – Uma voz me acompanhou na calçada. Era Steve, gritando da varanda. Eu nem o vira quando entrei correndo em casa. – Aonde você vai?

Parei, mas não respondi à pergunta. Voltei rapidamente, me lembrando de súbito o que ele havia me dito da última vez que falara comigo na varanda, na noite que Rube e eu devolvemos a placa de "dê a preferência".

"Vocês são uns perdedores." Foi isso que ele disse, e agora eu subia os degraus, apontando um dedo para ele, enquanto ele se inclinava na grade e se esticava.

Apontei para ele e falei:

– Se você voltar a me chamar de perdedor, vou quebrar a sua cara. – Falei sério, e pude perceber pela expressão em seu rosto que ele sabia que eu estava falando sério. Ele até sorriu, como se soubesse de alguma coisa.

– Eu sou um lutador – concluí. – Não um perdedor. Tem diferença.

Meus olhos se fixaram nos dele apenas por mais um segundo. Falei sério. Falei sério cada palavra. Steve gostou. Eu gostei mais ainda.

O telefone público.

Saí de novo, obcecado.

O único problema com o plano do telefone público agora era que eu não encontrava um. Pensei que havia um num certo lugar na rua Elizabeth, mas tinham tirado de lá. Só consegui continuar correndo, dessa vez, na direção da casa dos Conlon, até, mais ou menos, uns três quilômetros adiante, encontrar um. Se tivesse corrido mais dois quilômetros, poderia ter falado pessoalmente.

– Ai, cara. – Apoiei as mãos nos joelhos quando cheguei ao telefone. – Cara. – Percebi, de repente, que correr tinha sido a parte mais fácil. Agora eu precisava discar o número e falar.

Meus dedos pareciam garras no disco do telefone pré-histórico enquanto eu ligava para o número e...

Esperei...

... ando.

Estava tocando...

Toc-ando.

Toc-ando.

Toc-ando.

Não foi ela quem atendeu, e tive que explicar à pessoa quem eu era.

– Cameron.

– Cameron?

"Cameron Wolfe, vaca estúpida!" Eu queria gritar, mas me controlei. Em vez disso, falei com voz tranquila e digna:

– Cameron Wolfe. Trabalho com o encanador.

Percebi, após dizer essas palavras, que ainda estava sem fôlego. Estava ofegante ao telefone, mesmo quando Rebecca Conlon finalmente atendeu do outro lado da linha.

– Rebecca?

– Sim?

A voz, a voz.

Dela.

Gaguejei, mas não perdi a fala. Me concentrei e fiz tudo com um objetivo, com desejo, quase com um orgulho severo, sereno. Minha voz rastejava para ela. Pedia. Apertando o telefone. Vai em frente. Anda. Pergunta.

– Pois é, eu estava imaginando...

Minha garganta doía.

– Fiquei imaginando se...

Sábado.

Esse seria o dia.

Não.

Não?

Sim, *não*. Você me ouviu.

Embora Rebecca Conlon não tivesse dito a palavra *não* quando me rejeitou num tipo de encontro entre nós dois, no sábado. Ela falou: "Não posso", e, olhando para trás agora, fico imaginando se a decepção na voz dela era de verdade.

Claro que fico imaginando, porque ela continuou falando e dizendo que não podia fazer nada no domingo nem no fim de semana seguinte por causa de alguma coisa de família ou outra coisa de algum tipo. Não adiantava fingir. Ela estava dando a si mesma um terreno seguro longe de mim. Eu nem tinha perguntado sobre o domingo ainda, entende? Nem sobre o fim de semana seguinte! A dor no meu ouvido tomou conta de mim. Parecia que o céu negro acima ia desabar. Senti como se estivesse inspirando as nuvens acinzentadas acima da minha cabeça, e muito devagar a ligação foi sumindo.

– Bem, talvez outro dia. – Dei um sorriso malicioso ao telefone. Minha voz, porém, ainda parecia simpática e digna.

– Claro, será ótimo, sim. – Voz ótima, simpática. A última vez que a ouviria? Provavelmente, a menos que ela fosse burra o bastante para ficar em casa no fim de semana seguinte, quando papai e eu íamos terminar o serviço.

Sim, a voz dela e, por alguma razão, eu não tinha certeza se ela ainda era tão real para mim. Estava longe demais agora para ser real.

– Então tá, nos falamos depois – terminei, mas não ia falar com ninguém depois.

– Então tá, tchauziiinho. – Acrescentou raiva à mágoa.

Ouvir Rebecca desligar foi uma coisa violenta. Prestei atenção, e o som, de algum modo, estava partindo minha cabeça. Muito devagar, soltei o fone e o deixei pendurado ali, quase morto.

Capturado.

Julgado.

Enforcado.

Saí, deixando o fone pendurado ali, e fui embora, para casa.

A volta não foi tão ruim quanto você poderia imaginar, porque uns pensamentos que brigavam na minha cabeça fizeram o tempo voar. Cada passo deixou uma marca invisível na calçada, que só eu podia farejar no meu caminho para o futuro. Boa sorte.

Voltando pra casa, percebi outro telefone público em um lado da rua e me sentei ali, fazendo piada comigo mesmo e rindo.

– Hum – foi tudo que disse para mim mesmo quando continuei andando e aliviei a coceira no ombro com minha mão cansada, que se esticava na ponta de um cotovelo dobrado e torcido.

Dessa vez, vacilei na frente do portão, fiquei parado ali por um tempo e fui para a cama às dez e meia.

Não dormi.

Suei, estremeci, sozinho.

Vi coisas coladas nos meus olhos.

Jogadas dentro deles.

Vi tudo. Cada detalhe. Desde um taco de beisebol e um bastão de críquete, tratamento de flúor, um poste sem placa, sonhos, pais, irmãos, mãe, irmã, Bruce, amigo, garota, voz, sumindo, indo para dentro. De mim.

Minha vida esmagava a cama.

Senti lágrimas que pareciam martelos descendo pelo meu rosto.

E me vi indo até o telefone.

Falando.

Cambaleando para casa.

Então, lá para uma da manhã, eu me pus de pé, vesti o jeans e saí descalço para o quintal.

Para fora do nosso quarto.

Corredor afora.

Pela porta dos fundos.

Noite fria.

Passando pelo concreto e indo para o gramado, até parar.

Fiquei parado ali e fitei o céu e a cidade ao meu redor. Fiquei parado, com as mãos na cintura, e vi o que tinha acontecido comigo, quem eu era e o modo como as coisas sempre haviam sido para mim. Verdade. Não havia mais desejo, nem interrogações. Eu sabia quem era e o que sempre seria. E acreditei quando meus dentes se tocaram e meus olhos foram inundados.

Minha boca se abriu.

Aconteceu.

Sim, com a cabeça erguida para o céu, comecei a uivar.

Com os braços esticados junto ao corpo, uivei, e tudo saiu de mim. Visões jorraram da minha garganta, e vozes antigas me cercaram. O céu ouviu. A cidade, não. Não me importava. Tudo que me importava é que eu estava uivando para ouvir minha voz, e então eu ia me lembrar de que o garoto tinha intensidade e alguma coisa para oferecer. Uivei, ah, tão alto e desesperado, dizendo ao mundo que eu estava aqui e não ia me deitar.

Nem hoje.

Nem nunca mais.

Sim, uivei, e, sem que eu soubesse, minha família estava parada no vão da porta dos fundos, me observando e se perguntando o que eu estava fazendo.

Primeiro, tudo está em preto e branco.

Branco no preto.

É onde caminho, através das páginas.

Destas páginas.

Às vezes, tenho um pé nas páginas e nas palavras e outro nas coisas de que elas falam. Às vezes, estou lá de novo, fazendo planos com o Rube, brigando com ele, trabalhando com papai, sendo xingado de animal selvagem pela minha mãe, vendo a vida da Sarah cair das mãos do Bruce, e dizendo a Steve que vou quebrar a cara dele se ele me chamar de novo de perdedor. Vejo até a heroína comprada pelo Greg, subindo pela chaminé, entorpecendo o ar acima do telhado. Um pé anda na direção da casa de Rebecca Conlon e trabalha lá, e telefona para lá. Outro pé fica parado na imagem na qual pende morto o telefone público estrangulado, só com os restos da minha voz dentro dele.

Às vezes, quando estou mergulhado nas páginas, as letras de cada palavra são como os imensos edifícios da cidade. Fico de pé embaixo deles, olhando para cima.

Algumas vezes, corro.

Rastejo.

Através.

De cada página.

Às vezes, os sonhos me cobrem; outras, arrancam a carne da minha alma ou levam embora meu cobertor, me deixando sozinho, com frio.

Dedos tocam as páginas.

E me viram.

Sigo em frente.

Sigo sempre.

Tudo é grande.

As páginas e as palavras são o meu mundo, que se estende diante dos seus olhos e das suas mãos, para serem tocados. De modo vago, posso ver seu rosto me fitando, quando olho de volta. Você consegue ver meus olhos?

Mesmo assim, continuo andando, através de um sonho que me conduz por estas páginas.

Chego ao ponto em que me vejo sair para o quintal no frio congelante. Vejo cidade e céu, e sinto o frio. Fico parado a meu lado.

Jeans.

Pés descalços.

Sem camisa, tremendo.

Braços de garoto.

Bem retos, esticados.

O vento aumenta, e as folhas de papel voam e caem ao nosso redor, quando estamos parados ali. O som de uivos se embaralhava desesperadamente nos meus ouvidos, e eu o ouço.

Insisto nesse desespero, porque.

Preciso dele.

Quero ele.

Sorrio.

Os cães latem, muito longe, mas se aproximando.

A meu lado, me ouço uivar.

Esse é um sonho bom.

Uivar. Alto.

Intenso.

As últimas folhas de papel ainda caem.

Estou vivo.

Nunca estive tão...

Olho para baixo.

As palavras são minha vida.

Os uivos continuam.

Fico ali, com páginas espalhadas até os tornozelos e o uivo nos ouvidos

Impresso no Brasil pelo
Sistema Cameron da Divisão Gráfica da
DISTRIBUIDORA RECORD DE SERVIÇOS DE IMPRENSA S.A.
Rua Argentina 171 – Rio de Janeiro, RJ – 20921-380 – Tel.: 2585-2000